『誓います』と言うだけの、
簡単なお仕事。
――はい、誓います。
そう答えなきゃならない。ならないのに……。
――どうして、私の口は動かないの？

イジャーレッドラ

アスラン＝ジョゼ＝アルノード

Illustration あかつき聖

3分聖女の幸せぐーたら生活 2

生真面目次期公爵から
「きみを愛することはない」と
言われたので、
ありがたく1日3分だけ奥さんやります。
それ以外は自由!
やっほい!!

ゆいレギナ
Illustration
あかつき聖

目次

第一章：みんなのヒーロー【うさちゃん仮面】見参っ!! 012
第二章：お客様のおもてなしをしよう！ 055
第三章：やっほいとしょんぼりの指輪 122
第四章：雨 188

第五章：女神様のおともだち　234
エピローグ：いつかの神話の主要人物たち　267
あとがき　283
イラストレーターあとがき　286

これまでのあらすじ

教会で奴隷のような扱いを受けながら働き
過労死寸前だった聖女ノイシャは、
若き次期侯爵リュナンに身請けされ
契約結婚の条件を提示される。
「毎朝3分らぶらぶ夫婦を演出する。それ以外は自由」
――**やっほい!!**
とばかりに夢の「ぐーたら生活」を
マイペースにつき進めていくノイシャ。
執事セバスの古傷を聖女の力で治したり、
侍女コレットをいじめる高慢令嬢を撃退したり、
料理長のヤマグチとアイスを作ったりと
屋敷の生活も大忙し。
たまにはリュナンと夫婦っぽくデートに行くものの、
下水の氾濫に巻き込まれ、らぶらぶ夫婦を演じきれず。
一方、リュナンの初恋相手である次期女侯爵ラーナは
幼馴染のバルサと結婚したが、
リュナンのことが好きだったためノイシャに嫉妬していた。
ラーナはノイシャを陥れようと、
裏で手を引き教会に連れ戻すも、
リュナン、コレット、セバスが助け出し一件落着。
こうして日に日に愛を深めていく、
二人は結婚式を挙げることになるのだが――

人物

元聖女で、朝から晩までろくな食事もせずに酷使されてきたがリュナンに身請けされる。3分以上働くと身体が持たないので、「労働は3分以内」とリュナンとの契約で定められている。世間知らずなので、口調が独特。

次期公爵。ある時期までは幼馴染であるバルサ・ラーナと毎日一緒に通勤しており、彼らを安心させるためだけにノイシャを身請けしたが、ノイシャの人柄に惹かれ、彼女を想っている。

レッドラ家で働く使用人。セバスの義理の娘であり、リュナンとも兄妹同様に育てられた。なんでもできる。ノイシャを溺愛している。

レッドラ家の執事。日頃は寡黙で優秀な執事だが、かつては「鮮血の死神騎士《ブラッド・ネクロマンサー》」という称号を持つ騎士であったという。

レッドラ家の料理人。料理のセンスも腕も抜群。どうやら日本からこちらの世界に来ているよう?とても寡黙な性格。

リュナンの幼馴染で親友。ラーナの夫(婿入り)。城で働いている。運動が苦手。

バルサ同様、リュナンの幼馴染。勝気な性格で、次期侯爵として城で勤めている。

第一章　みんなのヒーロー【うさちゃん仮面】見参っ!!

私、ノイシャ＝アードラ……が旧姓の、ノイシャ＝レッドラは今日も三分だけ働いていた。

執事のセバスさんが最近忙しくて、『大事な花壇に水をやる暇すらない』と、この屋敷の主人であるリュナン様に愚痴を零していたから、暇な私が代わりに水やりをしていたのだけど。

「ノイシャ、さっきの急な雨はおまえの仕業か!?」

「はい、ノイシャです！」

どこからともなく飛び出してきた私の夫、リュナン＝レッドラ次期公爵様に、私は息切れしながらも大きく肯定を返す。昨日は帰りが遅かったからと、今日は午後から出勤らしい。だからまだ桃色のジャージを着ていて、同色の髪も少し乱れていて、でも青い瞳はいつも通り凛々しくて。

そんなリュナン様が思いっきり空を指す。

「どうして奇跡を使った!?　雨を降らせた意義は？」

「はい、セバスさんの代わりに花に水やりをするためです」

「どうしてジョウロを使わず奇跡を使ったんだ？」

「それでは三分で終わらないと判断したからです」

「なるほど?」

よかった。納得していただけた。

以前はちょっとでも奇跡を使うと倒れていた私。そのため、結婚契約書には私の労働時間は一日三分と明記されている始末である。だけどレッドラ家の皆様のおかげで、少しずつ体力がついてきている。それでも、さすがに天候操作は息切れしてしまうけど……無事、気絶はしなかった。これなら、今度コレットさんが洗濯物が乾かないと困っている時にも手伝いができるぞ！　……と、内心やっほいしていると、リュナン様が遠くを見上げた。

あっ、小さな虹が出ている。

「綺麗だな」

「そろそろ消えちゃいそうですね。どうせならもっと大きなものを作り直しましょうか?」

どうやらリュナン様は虹がお気に召したらしい。

それならもっとやっほいしてもらおうと、私が揚々と提案する。

すると目じりにしわを作って微笑んだリュナン様が大きく息を吸った。

「ど阿呆っ！」

今日も怒鳴られてしまった。しょんぼり。

「――というわけで、会議を開く。議題は『ノイシャの仕事内容』についてだ」

そうして開催されたレッドラ家会議。出席するのは私と、リュナン様と、執事のセバスさんと、メイドのコレットさんの四名である。料理人のヤマグチさんはお昼ご飯の仕込みがあるということで欠席だ。

「ちなみに彼女の労働時間を変更するつもりはない。それを念頭に入れた上で、各々発言するように」

議長っぽいリュナン様の口調が固いせいか、四人で集まった食堂の空気が重い。

私が固唾を呑み込んでいると、まずコレットさんが挙手をした。

「旦那様、ノイシャ様の仕事は『可愛いこと』ではないでしょうか？」

「そうだ。正直、俺もそれだけでいいと思っている」

……『可愛い』が仕事とは何だろうか？

可愛いとは、私が知る限り形容詞である。名詞でも動詞でもない、何かにつける言葉だ。

すなわち『可愛い』という仕事が何をすることなのか、皆目見当もつかない。

私が挙手をしあぐねている間に、セバスさんが手を挙げた。

「それはわざわざ定義することでしょうか？　ノイシャ様は息をしているだけで可愛いでしょう」

「そうだ。別に俺は彼女に何かしてもらいたいわけではない。ただ、この屋敷で、息をしてクソをして寝ていてくれさえすればいい」

「ストップ！　ノイシャ様はそんなばっちいもの出しません！　もっとキラキラふわふわです！」

コレットさんはそう言うけれど、私も奇跡が使えるとはいえ人間。おそらく普通の方と同じように不純物はそれなりの姿で排出している。仮に昔、教会で聖女として働いていたとはいえ、他の聖女と同様、汚物掃除は自分の分も他人の分も異臭がしたものだ。

だけど、そんな訂正をする暇もなく、議題は進行した。

「この議題はまた後日改めることにしよう。ひとまず――ノイシャの仕事は毎日『やっほい』すること。それに異論のある者はいるだろうか？」

その問いかけに、お二人は同じような速度で首を横に振る。さすがコレットさんとセバスさんは義理とはいえ親子である。こういうところは息がピッタリだ。

そんなお二人には申し訳ないが、今度こそ私が手を挙げる。するとリュナン様は「どうぞ」と短く促してきた。私も固く応える。

「仕事でなくても、私は皆様のおかげで毎日やっほいしまくっております。毎日がやっほいやっほいでやほほほいです。なので、それでは私の仕事にならないかと……て、あれ？」

どうしてだろう。なぜかセバスさんとコレットさんが泣き出してしまった。リュナン様も目頭を押さえている。そして、私があたふたしていること三分。ようやくリュナン様が「すまなかった」と顔を上げてくれた。

「これ以上形に拘ると俺らの涙腺が持たないから砕いて話すが――ようはあれだろう？　きみは朝の見送りがなくなってしまって、暇なんだよな？」

「暇ってなんですか？」

「何もやることがなくて困っていることだ」

「なるほど？」

本来なら、毎朝三分の『らぶらぶ奥さん』を演じることが私の仕事だった。リュナン様が友人のバルサ様、ラーナ様に『らぶらぶな結婚をした』と見栄を張ってしまったため、その虚偽を現実のものにするための契約結婚の相手として、私が身請けされたからだ。

だけど一か月前、なぜか急にその仕事がなくなってしまった。今まで御三方一緒に登城していたのだが、急にやめてしまったらしい。あんなに仲が良かったのに、どうしてだろうか。その理由をいくら聞いても、リュナン様は教えてくれないのだけど。

ともあれ、その習慣がなくなってしまったために、私の朝三分の仕事を見せる相手もいなくなってしまったわけで――私は代わりの仕事を求めて、こうして奔走中なのである。

「おそらく、私は暇という状態ではないかと思われます」

「その故は？」

「私には『ぐーたらをやっほい極める』という大原則が課せられているからです」

それは、私とリュナン様が結婚時に認《したた》めた契約書の絶対事項だ。

・ノイシャ＝アードラが死ぬことを禁じる。
・ぐーたらをやっほい極めろ！

そんな二項を大原則とした契約書には一か月前に『リュナン＝レッドラ（甲）は、ノイシャ＝アードラ（乙）を世界で一番幸せにする』と『契約終了期間は設けない』という内容を追記したけど、それからは特に見直しは行われていない。

つまり、私はたとえ仕事がなくてもぐーたらに邁進しなくてはならないのだ！

「なので仕事がない状態であろうと、暇という状態ではありません。抱き枕の完成品はもうすぐ届きますので、次にお昼寝用布団の制作が待っています。現在は設計図をいくつか描いている状態です」

「寝室のベッドでは、ご満足していただけませんか？」

しまった！　少し眉根を寄せてしまったコレットさんに、私は慌てて「違います！」と否定を返す。コレットさんがいつもしてくださるベッドメイクは完璧である。いつもお日様の匂い。ふかふか。ほかほか。だけど私がお昼寝した後にもシーツを替えたり干したりしてくださるから、それが申し訳なくて、別途お昼寝の場所を用意できたらと思ったのだ。もちろん設備の維持にコレットさんの手を煩わせないような形で、という前提をつけている。

その旨を説明したら、コレットさん再び「愛おしい！」と口元を押さえてしまった。隣のセバスさんは席を立ち、やたら茶葉たくさんの紅茶を淹れては自分で飲んでいた。

苦くないのかな……と、思わず凝視していると、セバスさんがにこりと微笑んでくれる。

「おかわりですかな。それでしたら新たに淹れ直しますので、少々お待ちくださいませ」

「あの……どうしてセバスさんは、そんなに茶葉いっぱいで？」

「ははっ、お恥ずかしい。ノイシャ様があまりに尊いため、苦い物でも口にしないと砂糖を吐いてしまいそうだったんですよ」

砂糖を吐く？　それは聞いたことのない奇病である。それは大変と診察を申し出ようとする前に、なぜかリュナン様とコレットさんも手を挙げた。

「それはいいいな。セバス、俺にも苦い茶を」

「父さん、わたしもー」

それに、セバスさんは優しく応じるかと思いきや……リュナン様に向かって苦言を呈す。

「それはそうと、旦那様は本日は仕事に行かなくて宜しいので？」

「……あ。」

そうして本日の会議は慌ただしく閉会。

リュナン様は颯爽と馬に跨り、仕事に行ってしまったのだった。

その後、私はお昼寝用ベッドの計画案を練りつつ、ヤマグチさんの美味しいお昼ご飯を堪能しつつ、お昼寝しつつ、ぼんやりと今に至る。

この屋敷の主人であるリュナン様が忙しいことは出会った頃から変わらない。次期公爵であり、王城騎士団の副団長として社会経験を積んでいるリュナン様は毎日ご多忙である。

そして、この屋敷の他の人々も、少数精鋭ということでいつも忙しそうにしている。リュナン様の次期公爵としての仕事の代理や補佐は執事のセバスさんに一任しているというし、私の世話を含めて屋敷の管理や維持は侍女兼メイドのコレットさんが担っているし、私たちみんなのご飯は材料調達を含めてヤマグチさんが頑張ってくれている。

そんな御三方が、最近さらに忙しそうなのだ。

その原因が――午前の会議で一言も出なかったけれど、『結婚式の準備』に起因しているらしい。

「コレットさん。私にも何かお手伝いできることありますか?」

「ノイシャ様はお昼寝用寝具の研究でお忙しいですから、我々のことは気にしないで大丈夫ですよ」

そうは言われても。

これから挙げようとしている結婚式は、新郎役がリュナン様で、新婦役が私である。

私には見せないようにしているようだが……リュナン様も仕事から戻ってきたら、夜遅くまでセバスさんらと確認作業をしている様子。

私は……一人でぐーたらしているだけで、本当にいいのかな？

「結婚式は二か月後に執り行う予定なんですよね？」

「そうですよー。もう少ししたら、ノイシャ様にもウエディングドレスなりご意見を聞くことも出てきますから。今のうちにぐーたらしておいてくださいね！」

コレットさんは笑顔でそう言うけれど。実は私は知っている。貴族の結婚式って、通常一年以上かけて準備するものなのだ。教会に居た頃、そんな依頼がたくさん来ていたからね。

それを私が王族から目を付けられる前にお披露目してしまおうと、急いで結婚式を挙げようとしているらしい。どうにも私の聖女の力が人より強いから、このままでは王様と結婚させられてしまうのだという。

話は戻って、通常一年掛かりで行うことを少数精鋭の準備で三か月。しかも規模はど派手に招待客もすっごくたくさん。偉い人もたくさん。

私は意を決して告げてみた。

「私も結婚式の準備に参加したいです！」

「その気持ちだけで十分ですよ～」

コレットさんにやんわり断られてしまった。

しょんぼり……しないぞ！

だってお披露目されるということは、私もきちんとした公爵夫人になるということ。

三分のみならず、普段から〝シャン〟とした貴婦人にならないといけないのだ。

「でも私も、自分の結婚式の準備は自分でしたいです！」

「いいんですよ～、ノイシャ様は当日にウエディングドレスさえ着てくれれば～。あっ、ドレス選びは一緒にしましょうね。ただどこに頼むか検討しているので、もう少し待って――」

「それなら、私がドレスを作ります！」

「……ノイシャ様が？」

ワンテンポ遅れて、コレットさんが小首を傾げてきた。

なんだろう……すごく警戒されている気がする……。

コレットさんは「一応お尋ねしますが」と前置きしてから、固唾を呑んだ。

「どうやってノイシャ様がドレスを作製するおつもりでしょう？」

「見本のドレスさえ見せてくだされば、そこから複製して――」

「はい却下、やっぱり奇跡きた～!?」

「でしたらデザイン画さえ頂戴できれば、創製という禁術が――」

「それもっとダメなやつ……！　奇跡は禁止です！　ぜ～ったいに禁止ですっ!!」

あぁ、コレットさんが両手でバツを作ってしまった……。

さすがにしょんぼり。だって私、奇跡くらいしか特技がないもの……。

するとコレットさんが「内緒」と唇の前で指を立てる。

「あのですね……今、旦那様や父さんと相談している理由の大半が、どこの伝手を使うかって問題なんですよ」

ナイショ。大丈夫。絶対に守ります。

そうコクコクと何度も頷けば、コレットさんが続きを耳打ちしてくれる。

「今まで、うちはずっとザカード商会の伝手を頼っていました。バルサさんのご実家ですね。公爵家の結婚式なんて、そりゃあ大きな商売ですから。大々的に呼びかければ、やりたいと手を挙げてくれるところはたくさんあると思うんですけど……でも今後の付き合いも考えて、しかも内密に探すとなると、これがけっこう難航しておりまして――」

「今まで通り、バルサさんに紹介してもらったらダメなんですか？」

なぜ大々的に探せないのかもよくわからないけれど……。バルサさんは旦那様のお友達だ。お友達同士は今まで通り公私共に仲良くするのが一番だと思う。

「………」

「ダメなんですか？」

「ですよねぇ。ノイシャ様はそう言っちゃいますよね～!?」

コレットさんが困ったように苦笑する。

バルサさんと仲良くしちゃダメな理由……無理やり理由を挙げるのだとしたら……もしかして先日の喧嘩だろうか。

「もしかして先日の私の里帰りが原因ですか？」

「里帰りとか言っちゃう？」

だってこのお屋敷で暮らす前は教会で生活していたのだから。その教会に数時間とはいえ帰ったことは……里帰りって言うんじゃなかったっけ？

でも、これ以上コレットさんを困らせたらダメだよね。だってコレットさんに決定権はないはず。この家で一番偉いのは……。

「じゃあ、わかりました。私がリュナン様に直接相談してみます！」

「まじですか？」

その疑問符に、私はにんまりと口角を上げた。

「だって、その方がコレットさんたちもラクですもんね？」

「そりゃあ……手間暇だけ考えればそうですけどぉ～。でも、わたしとしても面白くないというか～……」

「大丈夫です！　私がどーにかしてみせますっ!!」

だって、私はシャンとした公爵夫人になるんだからっ！

私が両手を握ってシャンと表情を引き締めると、なぜかコレットさんの表情が溶けた。

「あ～もう、やっぱりノイシャ様はかわいい～～」

なぜだろう。コレットさんの反応が思っていたのと違う……。なぜ、私は抱きしめられて頭を撫でられているのだろうか。だけど、やると決めたからにはちゃんとリュナン様にお話ししなければ。

「それじゃあ、準備がんばるぞ～！」

私が「えいえいおー！」とこぶしを高く掲げると、コレットさんが再び小首を傾げる。

「なにを？」


「リュナン様！　三分だけお時間を頂戴できますか!?」

今日もリュナン様のご帰宅は日付が変わる直前だった。

ここのところ、ずっとそうなのだ。たまに今朝のように朝が遅い時があるけれど、夜は会えない。

だって起きて待っていると、リュナン様に「ど阿呆」と怒られてしまうんだもの。

だけど当分休日も、今日のような午後から出勤もないという。だから「ど阿呆」覚悟で、リュナン様がご帰宅した瞬間、部屋からばびゅーんと飛び出したら。

セバスさんにマントを預けていたリュナン様の顔が歪んだ。

「きみは……なんていう顔をしているんだ？」

「えっ？」

セバスさんなんて無言でどこかに立ち去ってしまう。あれれ？　普段よりもシャンとした私に「改まってどうした？」と意識してもらいたかったのだけど……。

だって私はリュナン様に進言したいのだ。それなのにジャージというのは、シャンとした夫人に相応しくない姿だと認識している。

そう考えて、クローゼットの中のワンピースを着て待っていた。シャンとした夫人といえばお化粧であろう。まつ毛がバサバサしているあれである。

当然、夜も遅い時間。本来ならお化粧というのは侍女の方がしてくださるものらしいが、コレットさんの睡眠を邪魔するのは気がひける。なので、私も毛布にくるまって寝たふりをしながら、こっそりひっそり自分でお化粧して待っていたのだ。

「まるで呪術師だな。俺も本の中でしか見たことないが」

「あれ？」

「自分で化粧したのか？　コレットはどうした？」

「あの～……」

「化粧というものは鏡を見てするものではないのか？　一応確認しておくが、その顔で屋敷の外に出てないだろうな？」

「鏡……」

言われて思い出したけど、私は鏡を見てお化粧していない。部屋も暗くした後だからね。奇跡を使って『こんな感じ』とイメージした色素を顔に定着させたのだ。

そんなことを話していると、セバスさんが何かを持って戻ってきた様子。濡れたタオルだ。「失礼しますね」と私の顔を拭おうとしてくれるけど、そのタオルをリュナン様が奪う。

「いい、俺がやる」

「強く擦ってはなりませんよ。ノイシャ様の玉の肌が傷ついてしまいますからね」

「わかっている」

旦那様が「痛かったら言ってくれ」と優しく優しく顔を拭いてくれる。そのタオルは温かくて、少しヌルヌルしている。気持ちいい……。思わずへにゃっと顔から力が抜けてしまうものの、私は「そーじゃなかった」と気持ちをシャンと引き締める。

「そんなことより、私の話を……」

「この化粧ぜんぜん落ちないんだが、一体何を塗ったんだ!?」

「お化粧を解いたら、話を聞いてくれますか？」

私がまっすぐ見上げると、リュナン様がなぜか顔を逸らす。桃色の短髪の下にあるお耳が赤い様子。息から酒気は感じなかったけれど……。

「その化粧は、俺のためにしたのか？」

「はい、そうですが……」

私が小首を傾げていると、リュナン様は「ごほん」とわざとらしい咳払いをしてから再び私を見下ろしてきた。

「ノイシャ」

「はい、ノイシャです」

「もう一つ問いたい。この落ちない化粧、まさか奇跡か?」

「………」

私も学ぶ生き物だ。

奇跡をたくさん使ったらいけない。リュナン様も嫌がらせで禁じているわけではない。奇跡を多用すると私の身体に負担がかかるから、心配してくれているだけなのだ。

でも……私は奇跡を使うことくらいしかできないから。

それに、できることを敢えてやらないというのも、なかなか難しい。

私がそろーり視線を逸らすと、旦那様はやっぱり大きく口を開いた。

「ど阿呆っ!!」

「――会議を行います。議題は『私・ノイシャの結婚式における有用性について』です!」

私は今朝のリュナン様を真似して宣言した。

結局コレットさんも旦那様の『ど阿呆っ!!』に『夜中にうるさいのはどこのど阿呆ですかっ!?』と起きてきてしまい、さらにそんなコレットさんの大声で起きてきたヤマグチさんが夜食代わりにとホットミルクの甘くてふわふわのものを作ってくれた。セバスさんは元々起きていた。

緊張をほぐすべく、私はヤマグチさんの作ってくれた白い飲み物を飲む。

ホットミルクの上に載っているふわふわ丸いものが、口に中に入れるとしゅわっと蕩けるの。しかも甘い。美味しい。私の頬も蕩けちゃう。やっほい。

「それを飲んで寝たらどうだ？」

……と、一息ついている場合じゃなかった。

夜食につるつる温かい麺料理を食べているリュナン様の言葉に、私はシャンと背筋を伸ばし直す。

――よし、仕事を始めよう。

私は気を取り直して、集まってくれた四名に話し始めた。

「最近、皆様は私とリュナン様の結婚式の準備に尽力してくれていることと思います。そのことは言葉にし切れないくらいやっほいで、やっほいなんですけど……結婚式を挙げるからには、私もれっきとした公爵夫人です。リュナン様の隣に立って恥ずかしくないよう、立派にならなければなりません！」

そんな私の前置きに、コレットさんが胸を張る。

「ご安心ください。隣に立って恥ずかしいのは旦那様の方です。この甲斐性なしの度胸なしのめんどくさい男がノイシャ様の隣に立てることが神の恩情、奇跡なのです。ここぞとばかりに顎で使ってやりゃ～いいんですよ」

「ま、同感ですな」

「うす」

コレットさんの返答に、すかさず同意するセバスさんとヤマグチさん。それに頭を抱えるリュナン様。どうして、この家でのリュナン様の立場はこんなにも低いのだろう？　真面目で一生懸命で素敵な殿方だと思うんだけどな。何より髪色が可愛い。

だけど、今もセバスさんが欠伸を嚙み殺しているので、その案件はまた今度。

私は話題を本筋へ戻す。

「とにかく、私だって結婚に関しては無知ではありません。必ずお役に立てることを、ここでご提案させていただきます！」

すると、リュナン様がやれやれと嘆息した。

「俺の食事が終わるまでだ。その間だけ話を聞いてやる」

「ありがとうございますっ！」

コレットさんが「なんで旦那様が偉そうなんですか〜」と口を尖らせているけど、リュナン様はこのお屋敷の旦那様ですからね。コレットさんが呼んでいるように。なので、その偉い旦那様の了承の下、私は指先で式を描いた。

「まず、結婚式には大勢の方をご招待することが想定されますが――」

「待てーい。その空中に浮かんだ白い板はなんだ!?」

「わかりやすいように、私の演説内容を箇条書きに板書しておこうかと」

「それを行うことでのきみの疲労度は？」

「紙に文字を書くのとさして変わらない程度です」

「相変わらず規格外な気がするが……まぁいい。続けてくれ」

無事に許可を得て、私は空中の白板にスラスラと文字を書く。

○招待客について

「まず、通常なら一年以上前にご招待するところが、もう開催予定日まで二か月に迫っております。今から招待状を届けるにしろ、招待状を作るだけでも数週間。そこから届くまでの時間とお返事をもらうまでの時間を鑑みると、参加者リストができるのは本当に直前になるでしょう」

ここまで話したところで、お茶を飲んでいたセバスさんが口を開いた。

「たしかに、このひと月は招待客の選別に時間を使ってしまいましたからな。だけど、すでに誰が参加か不参加か、ある程度予測はついております。たとえ遠方や他国の方々が不参加であろうと、『結婚式を挙げる』ことを周知させるだけでも成果はあるでしょう」

さすがセバスさん。いつもはとても優しい執事さんだけど、こういう時はきちんと的確に意見を述べてくれる。これぞ頼りがいのある殿方、というものなのかな。

そんなことを心のメモ帳に書き込みながら、脱線しないように言葉を返した。

「しかし！　そもそも招待状を直前に送るということ自体が無礼になってしまうでしょう。今後レッドラ家の評判に傷がつくのは、皆様もとてもしょんぼりですよね？」

そこで、私は空中の白板にスラスラッと文字を書く。

↓招待状の複製。および鳥を使役することにより配達時間の短縮！

「鳥の使役ってなんだよっ！」

旦那様がダンッと箸をテーブルに叩き置いた。食事が終わったわけではないようである。

私は『ど阿呆』と『待てーい』が飛んでくるよりも前に説明した。

「招待状の複製はお察しの通り、前にお砂糖を増やしたりジャージの糸を増やした術です。そしてご質問の鳥の使役はちょっとコツがいるのですが、よく結婚式でも使われる鳩がバァッと飛び立つ演出に使う術の応用です。同時に百羽くらいを隣国の端まで飛ばしたことがあります！」

この屋敷に精度の高そうな地図があることも確認済み。届け先も予習をしておけば鳥の案内を間違えることもないだろう。それに……鳥が運んできてくれる招待状ってロマンチック……だよね？ 受け取る皆様も本番前からやっほいしてくれるんじゃないかな。

「国内ならまだしも……いや、やらないに越したことはないが……何から話すべきだか……」

鼻息荒く「どうですかっ？」と問えば、リュナン様はうんうんと頭を抱えている。

だけど私がさらなる説得を試みるよりも前に、リュナン様が箸を持った。

「……約束は約束だ。続きを聞こう」

「律儀か、こいつは」

ボソッとコレットさんの低い声が聞こえた気がするが、おそらく幻聴だろう。

とりあえずこの件は保留ということらしい。他の事案との兼ね合いということもあるよね。

私は「ありがとうございます！」とリュナン様にお礼を告げてから、次の議題を板書する。

○結婚指輪の準備

「婚約指輪というものは今更な気がしますので割愛しまして——こちらも私にお任せいただければ、最高級の品を三日でご提供いたしましょう！」

「嫌な予感しかしないが、どんな代物だ？」

「はい、今はなきオリハルコンの組成を記憶しておりますので、そちらを再現して——」

話しながらも、私はまた矢印を書いた。


↓危険な仕事に勤しむ旦那様の身の安全を確保！


「却下。次」

「ががーんっ」

今度はひどい。説明すら聞いてくれなかった！

オリハルコンはマナの伝導率がとても高いことで有名だから、たとえ火の中水の中疫病の中、戦場のど真ん中でお昼寝だってできるくらい強硬な結界の加護をこれでもかと詰め込んだ世界で一番の結婚指輪を贈呈しようと思ったのに!!

「ほら、早く次に行かないと俺は食べ終わるぞ」

「か、畏まりました……」

すごくしょんぼりですが、このまま結婚式の準備で蚊帳の外が続く方がいや。

なので気を取り直して、私は次の箇条書きを記す。

〇花婿・花嫁衣裳の準備

「却下。これも伝承の中のミスリルの糸とか言い出すつもりだろう？」

「どうしてわかったんですか……!?」

ミスリルとは、これもオリハルコン同様、創世記時代の金属である。ただオリハルコンよりも柔らかく加工がしやすいので、糸状にして服に編み込むことで耐火性などが高いロープを作ったりすることができたそうだ。

たしかにリュナン様は博識だから、ミスリルのことを知っていてもおかしくはないけど……。

「もしかして、リュナン様は私の心の中が読めるんですか？」

「残念ながら、俺にそんな特殊能力はない」

「なら……愛の力、とか？」

私の疑問符に、旦那様がズズッと飲んでいたスープを噴き出した。「ばっちいですよ～」とか文句を言いながらも、テキパキとテーブルを拭き始めるコレットさんはメイドの鑑。

呟き込み終えたリュナン様の顔が赤い。

「ど、どこで覚えてきたんだ、そんなこと……」

「コレットさんが用意してくださった『らぶらぶ夫婦の真・教本』に、愛し合う夫婦は言葉を交わさずとも以心伝心で気持ちが伝えられると書いてありました！」

「すまんな。俺はまだそこまでのレベルには到達していないらしい」

「つまり、リュナン様は私のことを愛していないと？」

「だから、なしてそーなる!?」

そう言われましても。レベルが足りていないと仰ったのはリュナン様。

でも、そうでないとしたら……。

「私がリュナン様のことを愛していない？」

私が首を傾げても、誰も言葉を返してくれなかった。

皆さんは言葉に詰まったような、どこか悲しげな顔をしている。

無言は……肯定？

でも……リュナン様が帰ってくると、心がやっほいするんだけどな？

『ど阿呆』と本気で叱ってくれることも、やっほいなんだけどな？

こうして『リュナン様』と呼べるようになったことも……やっほいだったんだけどな？

——愛ってなんだろう？

——どうしたら、私がリュナン様を愛しているってことになるのかな？

少しの間だけ思案するも、リュナン様のどんぶりの中身はどんどん減っていく。

この問題は後回しと、私は次の議題を板書した。

○披露宴のお食事について

「それはおれが担当します」

即座に、小さく挙手してくれるヤマグチさん。

もちろんヤマグチさんにも手伝ってもらうつもりだ。むしろ主戦力。だけど、お招きする人数はおそらく百ではきかないだろう。そんな大人数の食事を一人で作るなんて無謀だ。

「もちろんヤマグチさんが頼りです！　でも、当日おひとりで作るのは大変でしょうから、一食分さえ作っていただければあとは私が複製を――」

「却下です。奥様のお手を煩わせるつもりはありません。当日は臨時の料理人を手配して手伝ってもらう予定です。安心してください」

うぅ……ヤマグチさんにまで却下を食らってしまった……。

でも、私は知っている。ヤマグチさんはいい人だ！　だからもしかしたら、これも善意の遠慮なのかもしれない！　だから私は少しだけ食い下がってみる。

「で、でも……人を雇うにはお金だって掛かりますし」

「おれが奥様らのためにできることを全力でしたいんです。料理はおれができる唯一のことですから。これだけは、どうかおれに一任していただけないでしょうか？」

そんなつぶらな瞳で、まっすぐお願いされてしまったら。

私の決心なんてすぐに揺らいでしまう。

「本当にいいんですか？」

「うす」

「わかりました」

ヤマグチさんがそこまで言うのでしたら、私は大きく書きましょう！


↓うす！


さて次は……限られた時間で効率よく話し合うこと、思っていたより難しい……。

だけど頑張るぞ！　と心の中でえいえいおーしていると、リュナン様が声をかけてくる。

「ちょっとその箇条書きに加えてほしい議題があるのだが」

「あ、はい。なんでしょう？」

「結婚式を三分で終わらせる方法……何か案はあるか？」

私は言われた通り、それを書いた。

○三分で完結する結婚式について

「結婚式……まぁ披露宴はあとで考えるとして、挙式だけで考えてみよう。今までの話しぶりからして、ノイシャは教会に居た頃に結婚式の手伝いをしたことがあるんだろう？　経験上、何分くらいかかる？」

「おおよそ二十分……後ろで控える時間も含めて、四十分を見ておけばいいのではないでしょうか」

「それを三分に短縮するには？」

問われて、私は挙式で行うべきことの一通りを板書した。

・列席者入場
・開式の辞
・新郎の入場
・新婦の入場
・賛美歌斉唱
・聖書朗読・祈禱
・誓約・誓いの言葉
・指輪の交換
・誓いの口づけ
・結婚成立を宣言
・結婚証明書に署名

・夫婦の証明の契約印づけ
・結婚成立の報告・閉式の辞
・退場

簡単に挙げるだけでも十四項目である。

これを……三分？　全部を三分？

私はリュナン様に問うた。

「結婚式にボーナスは支給されますでしょうか？」

「ボーナスで耐えられるならいくらでも支給するが、参加者はだいたい二百名になる見込みだ。その中には王族もいるから、さすがに『愛を誓いますか？』『やっほい！』だけで済ませるわけにはいかない。衣装も慣れない重たいドレスに、女性はハイヒールも履かなければだろう？」

いいなぁ。教会でやっほいできたら、すごくいいなぁ。

そうは思えど、挙式とは儀式である。神様の前で『やっほい！』は失礼になるだろう。

私だけならともかく、それでリュナン様に不幸でも起きたらたまったものじゃない。

「もちろん頑張りたい気持ちはいっぱいなのですが……絶対に倒れないという自信は……」

「花嫁が失神する結婚式なんて、それこそ難癖付けてくるやつがどこから出てくるやら」

「ですよね……持ち帰り検討させていただくことは可能でしょうか？」

「もちろんだ。俺の方でも考えておく」

「よろしくお願いします」

↓保留。

ということで、あとの議題は……。

「そういえば旦那様。結婚式前にご実家に挨拶に行かなくていいのですか？」

「どう考えても北まで行っている時間はないだろう。割愛だ！」

「それ～、ただただ身請けしたことを怒られるのが嫌で逃げてるだけじゃありません～？」

そんなことをコレットさんと話しながらも、リュナン様は着々と食事を進めていた。残りももう少ない。これは急いで話を進めないと……と会議の流れを急いで組み立て直していると、リュナン様が言ってくる。

「でもとりあえず……明日の仕事の心配はないんじゃないのか？」

「どうしてですか？」

あぁ、リュナン様がどんぶりを両手で持ってスープを一気に飲み干してしまった。「ご馳走さん」と箸という枝のような食器を器の上に置かれて……終わっちゃう。何もお仕事任せてもらえないまま、会議が終わっちゃう!?

そうあたふたしている私に対して、リュナン様は口を拭きながら言った。

「明日は『出張・三分聖女の日』だろ？」

その言葉に、私は三秒ほど間を空けてから両手を打つ。

「そうでしたっ！」


「旦那様〜。のんびりしていると遅刻しますよ〜」

「寝室を覗くよう勧めたのはおまえじゃないか」

あの後、ノイシャは慌ててベッドへと戻ったものの、やはり夜更かしが応えたようだ。

初めての寝坊である。ベッドで気持ちよさそうに眠るノイシャの姿に、セバスとコレットはとても間抜けな顔をしていた。俺も例外ではなかったのだろう。

なので今日の見送りは悲しいかな、コレットが代役を務めてくれるらしい。

「昨日は朝の会議より、夜の会議の方が有意義でしたよね〜」

「それは俺の進行にケチを付けたいのか、コレット」

俺の半眼に、コレットはにっこりと笑うだけ。

「やっぱりノイシャ様は頭がいいよね、というお話です」

「地頭は、な」

昨夜の彼女の有用性とやらに挙げた具体例は、すべて奇跡によるものだった。

公爵夫人として相応しくなれるようにという心構え然り、俺ら相手に脱線させることなく話を進行する手腕然り、知識量然り。誇れることはもっとたくさんあるはずなのに、結局は奇跡頼りだ。

彼女の自尊心は、未だそんなに低いのか……。

そんな俺の心配をよそに、コレットは目先の心配をしているらしい。

「起きたらノイシャ様、寝坊したとしょんぼり落ち込むのでしょうか……」

「おまえのことだ。『そんなノイシャ様もかわいい～♡』くらいのこと言ってのけるんだろう?」

「それはもちろんですけど、とりあえず旦那様の声真似が気持ち悪いで～す」

「喧《やかま》しいわ、ど阿呆」

俺が軽く小突いても、コレットは痛がる素振りすらしやしない。

まったく可愛げのない妹分だと辟易しながらも、俺は他のことで眉間にしわを寄せた。

「ところで――今日もあの恰好で街に行くのか?」

「多分そうじゃないですかね。ノイシャ様のお気に入りですし」

ノイシャは週に一回、王都に上っている。

それは気分転換という意味合いもあるが、件の上下水道の管理が、王都の聖女で追いついていないからだ。開発されてから数年、ずっとノイシャ一人で管理させられていた公共事業。司教の独裁政治だった教会が王城管理となった今、もちろんその公共事業も城の管轄になった。だけど、どうにも特殊な技術や知識がいるということで度々不便が出るところとなり……団長の協力のもと身元は隠して、ノイシャが整備点検をすることになったのである。

たびたび迷惑をかけている団長に頭が上がらないだとか、水道開発に関与した者たちが、まさか主導しているのが齢十三歳やそこらの少女だとは思わなかったことから『当時の開発関係者』というふわふわな設定でごり押ししているものの……いつ、超常的能力を持つ聖女だとバレるか。そもそもノイシャの体力がもつのか。

不安だらけな『出張・三分聖女の日』だが、王都の生活基盤が崩れることに一番嘆いたのがノイシャ本人だった。そのため、全力で変装することを条件に許可した仕事だったが……よりにもよって、あんな恰好をすることはないんじゃないかと、今でも思う。

「まぁ、素性を隠すにはもってこいなのかもしれんが……どうにかならんのか、あれ」

「父さんはすごく気に入っておりますが？」

「……まあいい。あまり目立たないようにしろよ」

「善処しまーす」

気の抜けた敬礼に、俺はため息を零して。

「それじゃあ、行ってくる」

愛らしい「行ってらっしゃい」が聞こえないことは思いのほか寂しくない。

今も呑気にくーすか寝ている姿を想像するだけで、今日も一日頑張れそうな気がするくらいだ。

だけど……俺は一人馬に跨って、欠伸を嚙み殺した。気力は十分でも、眠いものは眠い。

それにコレットは『遅刻する』などと言っていたが、本当は今日もいつもより登城予定時刻が遅い。ただみんなに秘密で、仕事前に寄りたい場所があるのだ。

こういう時だけ、当時はあれだけ鬱陶しいと思っていたお迎えが恋しくなる。馬車で移動している間に寝ることができた。くだらないお喋りもまた、眠気覚ましにはちょうど良かったのだろう。

――それにあいつらがいたら……一人でこんな緊張せずに済んだのかな。

そんな賑やかだっただろう『もしも』を、俺は鼻で笑い飛ばして。

どうやら二十四歳にもなって、まだ一人での出勤に慣れていないらしい。

それでも俺は馬の腹を蹴る。

見上げた空は、今日も嫌みなまでに晴れている。

「すっごくお似合いです、ノイシャ様！」

「えっへん！」

私は堂々と胸を張る。今日は人生で初めて寝坊してしまった。さすがに背中を鞭で打たれるかとビクビクしながら起きたが、もう鞭打ちするであろうリュナン様は仕事に向かったあとだった。

鞭打ちは嫌いだ。痛いのは嫌い。だけど、私が不出来ならば仕方ない。私が悪い。

でも、そんな気分は後回しだ！

だって、今の私は英雄《ヒーロー》なのだから！

みんなの味方！　みんなの救世主！　それがヒーローだってヤマグチさんが教えてくれた。

みんなの希望がウジウジしていては、誰も頼ってくれないだろう。

だから馬車の中で最後の仕上げをしてくれたコレットさんに敬礼する。

「それでは【うさちゃん仮面】、出動しますっ！」

「どうかご武運を！」

今日の御者役のヤマグチさんが馬車の扉を開けてくれる。

私は「とうっ！」と飛び降りた。シュタッと着地……できればいいのだけど、頭が重いからちょっぴりよろけてしまう。だけど、そこをしっかり支えてくれるヤマグチさん。

ちなみにヤマグチさんも仮面をつけている。もちろん桃色のうさちゃんの仮面だ。

「ありがとうございます！」

「うす」

「うすっ！」

王都の真ん中に突如登場した【うさちゃん仮面】に、街の子供たちは大はしゃぎだ。

騎士のようなカッコいいマントや制服に、男の子たちは憧れるだろう。

愛らしいピンクのキラキラおめめのうさぎの頭に、女の子たちは夢を見るのだろう。

私の仮面はヤマグチさんのとは違い、もっと頭全体を覆うような代物だった。

この私の頭や身体をすっぽり覆う巨大ぬいぐるみのようなものを、ヤマグチさんの故郷では『着ぐるみ』というらしい。身体はあまりモコモコしないように作ってあるのだが、この頭がけっこう重い。肩のあたりにずっしりくる。おそらく元の私の頭部より横に三個分、縦に二個分は大きいのではなかろうか。それにプラスして、縦耳がぴょこん。

もちろん制作はヤマグチさんらの助言をもとに、私が奇跡で強度や重量を調節しながら行った。ピンクのお顔がなかなか可愛い、素敵なうさちゃん仮面になったと自負している。

「今週も来たのね……」

「どこの貴族の道楽なのかしら」

買い物途中の貴婦人方がコソコソそんなことを話す一方、子供たちは「うさちゃんかめーん！」と一斉にわらわら集まってくる。ずんずん。どんどん。身体のあちこちを叩かれるけど、奇跡でかなり強度を上げているのでまったく痛くない。『私の一撃を受けられないと着用の許可は出せません』とセバスさんが言うので、リュナン様に中に入ってもらって実験したことがある。目にも留まらぬ斬撃の数々にさすがにドキドキしたけど、なんとかマントの端が切れただけで済んだので、こうして着用が許された代物だ。リュナン様に何かあっても大丈夫だったのかな、と心配したのだが、その時のレッドラ家の皆様は口を揃えて言っていた。

『その程度の主なら、それまでのこと』

その時のことを思い出すと、私もシャキッとする。

だって、私も『その程度』だったらすぐに斬り捨てられてしまうってことだよね？

――さぁ、仕事を始めよう。

私が自分で地面の下水道の入り口を開けようとするけれど、いつの間にか馬車から降りていたコレットさんが先回りして開けてくれていた。コレットさんもヤマグチさんと同様、軽量型の仮面をつけている。そんなコレットさんに会釈して、私は慣れた式をいくつも描いてから、構える。

「いざっ！」

私は入り口に飛び込んだ。入り口の淵でスポッとうさちゃんの頭部が外れたけど、大丈夫！　いつもしっかりとコレットさんがキャッチしてくれているらしい。それに下水道の中には誰もいないからね。素顔を晒しても、誰にもバレないというわけだ。

下水道の流れに逆らうように、私の周りに張った空気の膜を調整。見慣れた点検盤のそばに浮上して、端にある細い足場に上がって数値を確認。

最近の少し上がってきた気温からすると、もう少し下げておくべきかな。

おそらくもうじき雨季が来る。おおよその管理に問題はないと思うけど、時期的な気候の変化を見越した調整にはどうしても慣れが必要だろう。

そんな微調整を人知れず行うのが、みんなのヒーロー【うさちゃん仮面】。

教会にいた頃みたいに食事ももらえない生活は寂しいけど、でもこうして陰ながらに誰かの役に立てるのはすごく心がやっほいする。地上で寄ってきてくれた子供たちが、明日も笑ってくれるなら。それを想像するだけで、胸がほっこりしてくるのだ。

「そろそろ三分だ」

リュナン様との契約は絶対だ。一日の労働時間は三分。

不必要に残業を請求するのも宜しくないだろう。だけど、今日も屋敷にひとり残っているセバスさんに、何かお土産を買っていきたいな。

「ここは……お小遣いというものを使ってみる時なのでは!?」

この出張はきちんと給金をいただいている。リュナン様が知り合いの聖女を仲介したという体になっているので、給金もお城からリュナン様経由でもらっているのだが……私が何度断っても、リュナン様は全額私に渡すといって譲らなかった。たとえ夫であろうと、きみの労働の対価を奪うつもりはないと言って。

それを言うなら、私の衣食住はすべてリュナン様が担ってくれているのだから、その分は私が支払うべきだと思うのだけど。でも、そこは『少しくらい甲斐性を誇示させてくれ』と言う。

公爵夫人って難しいな。そしてセバスさんは何を持って帰ったら喜んでくれるのだろう? そんなことを考えながらも、再び水路をぷかぷか流れるための結界を張ろうとした時だった。

「た……す、けて……」

「以前の林檎も喜んでくださったけれど、毎回同じなのも……夜にお酒を嗜むらしいから、おつまみってやつを買ってみるのも…………ん?」

——なにか、聞こえた？

助けてと、掠れた声音は男性のもの。この水路の光源はたまに点在するランタンのみでとても暗い。昔はまったくなかった。取付けようと言った業者さんに、司教様が無駄な経費を使うなと断っていたのだ。どうせ私しか来ないから必要ないと言って。

まぁ、たしかに光源を作るくらいなら簡単である。だからひょひょいと式を描き、生まれた光の珠で辺りを照らしてみると——

「わっ、だ、大丈夫ですか!?」

水路の道に人が倒れていた。編んだ髪は長いようだけど……男の人。薄汚れたマントを羽織った細身の男性が、うつ伏せのまま私に手を伸ばしてくる。

「こ、このままじゃ……死んじゃう……かも」

大変だ！　この五年、水路で人が行き倒れているなんて初めてだ!?

死んじゃうと言った。それならばどこか怪我をしているのかも！　と「失礼します」と身体を確認しようとするも……触れる前に、手を止められる。

「大丈夫、どこも怪我してないよ」

「でも、死んじゃうって」

「うん。お腹が空いて死んじゃいそうってこと」

それは大変だ！　餓死ってつらい！　経験したことないけど、たぶんつらい！

「助けてもらえる?」

「畏まりましたっ!」

にっこりと放たれた疑問符に、私は大きく頷いていた。


「おーい、新婚。仕事しろ」

「今は遅い昼休み中です」

俺はいつもヤマグチが持たせてくれる弁当を片手で食べながら、視線も向けずに応える。団長の途切れない雑用指示に奔走していたら、通常の昼休みをとうに過ぎてしまった。だけど、休息は大事。ノイシャを見ていると、とてもそう思う。たとえ食堂に行く時間すらないのだとしても。

なので執務室の中でも食事の時くらい仕事を忘れようと、俺は小さな箱を眺めていたのだ。

そんなことをしていると、団長が顔を寄せてくる。

「もしかして、それは?」

「お察しの通り、指輪の箱ですね」

「おっ、結婚指輪ができたのか?」

二か月後に急遽結婚式を挙げることになった旨は、団長にも伝えてある。家族総出で出席してくださるそうだ。俺も副団長という身であるからして、その日の城や城下の警護は誰が取り仕切るんだ――という問題があるが。どうやら団長はまだ頼んでもいないのに、すでに祝辞の内容を考えてくれているらしい。

そんな団長のウキウキとした予測に、それは首を横に振る。

「いえ、婚約指輪です」

「……遅くない？」

それはごもっとも。

だって俺らはもう二か月以上前に入籍済みなのだ。二回目の対面で婚姻届けにサインしあった間柄。金で買った最低な結婚。だからこそ……俺は一からやり直したいと思ったのだ。

「本人も『今更だ』と念頭から外しているようですが……やはりあげるべきものはあげるべきかと」

「真面目か？」

ちなみにこの婚約指輪のことはセバスやコレット含めて誰にも相談していなかった。もちろん、ノイシャ本人にもだ。セバスならともかくコレットに相談しようものなら……それこそ順序がおかしいだの文句を言われ、しまいにデザインがどうこううるさく口出ししてくるのが目に見えているからである。

俺がモグモグと弁当を咀嚼していると、団長は「ふーん」とニヤニヤしていた。

「なぁに？　お前さん、自分一人で買いに行ったの？」

「えぇ。あんなキラキラした店、初めて入りましたよ」

「貴族らしく特注にはしなかったんだ？」

「時間もなかったので。それに……どのようなデザインがいいとかわかりませんし」

正直、指のサイズも適当である。こう……手を握らせてもらった時の感触を思い出して、このくらいかと選んだのだが……最悪ノイシャなら自分でサイズの調整ができるのではないか、そんな甘えがある。あれだけ人に言えない禁術を使えるのなら、指輪のサイズを調節することくらいできるだろ、たぶん。頼むからできてくれ。

だからとりあえず、形だけでも。

結婚式まであと二か月。それまでにこの婚約指輪を渡して、正式に求婚したい。

——ただ、これをどうやって渡そう？

だけど残念ながら、俺には女性が喜ぶような演出などさっぱりわからない！

——然るべき手段は……。

こんなこと、本来ならば友人に相談すべきことだろう。だけど生憎、俺は友人と呼ぶべき二人と縁を切ったばかり。あいつら、問題起こすならもう少し後にしてくれても……でもあんなことでもなければ、俺も大々的に結婚式を挙げようなんて思わなかったかもしれない。そもそも始まりが『身請け』なんて最低な方法だったたし、根本的に人前はあまり好きではないのだ。大勢の前で愛を誓うとか、接吻をするとか想像するだけで反吐が出る。

——だけど、これも全部ノイシャのため……！

団長はとても愛妻家で有名だ。求婚した時もそりゃあ大掛かりに、語り草になるような演出をしたという。昔はあまりに興味が無くて、右から左に聞き流したものだが。

他にまともな友人関係を築いてこなかった己を呪いつつ、俺はとても長い話が始まるのを覚悟して、団長から求婚の助言を得ようと口を開きかけた時だった。

「さっきからなんだぁ？」

「どうしたんですか？」

団長が怪訝に顔をしかめた方を見やると、窓に何度も頭をぶつけている鳩がいた。方向感覚が狂ってしまったのか。何度も何度も突撃してくる様はとても痛々しく、同時に先月のうちの侍女を思い出させる。とっとと俺に気付けとドンドン窓を叩いていたコレットの姿を……。

——と、ちょっと待て？

よく見れば、鳩の足に何か結ばれてはいないだろうか。あの白いリボンには見覚えがある。それこそコレットが年甲斐もなく髪に着けているリボンとひどく酷似していた。そのリボンで何かメモを結わえているようである。

——鳩……鳥……？

「と、とりぃ!?」

昨晩、彼女から鳥を使役できると聞いたばかりだ。もしや、まさか……世界中の貴族たちに招待状を届けることができるくらいなら、城まで手紙を届けさせるくらいワケないのだろう。

そもそも鳥を使役できるって。一歩間違えたら人間も操ることができるんじゃないか、と思わないでもないけど。そこは気づかなかったことにして。

俺は慌てて窓を開き、鳩を迎え入れる。鳩は俺に掴まれても暴れる素振りもない。だからスムーズに鳩の足からメモを取り外す。

――もしや、ノイシャに何かあったのでは……!?

俺が固唾を呑んでメモを開けば、見覚えのありすぎるコレットの文字。

そこには短く、こう書かれていた。

ノイシャ様が王太子を拾ってきました。やっほい（涙）

「どこがやっほいだ、ど阿呆っ!!」

反射的に、俺は手紙に向かって唾を飛ばしていた。

第二章　お客様のおもてなしをしよう！

屋敷に戻ると、セバスさんがいつになくにっこりと言った。

「奥様、悪いことは言いません。捨ててきなさい」

セバスさんから『奥様』と呼ばれたのは久しぶりである。

しかも、『きなさい』と命令されたのは初めてでは？

思わず私がコレットさんを見やると、コレットさんも硬い表情で何度も頷いている。同意見なんだ。それでも……私も一度拾ってしまった手前、保護責任というものがある。

「この方はお腹を空かせて死ぬ寸前だっています。少しご飯を分け与えるくらい――」

「大丈夫です。この御方が本当に死ぬ寸前だというのなら、奥様が屋敷に来た時にはもう百回死んでいたようなものです。今度は私が付き添いましょう。さぁ、どこで拾ってきたんですか？」

セバスさんに強制的に回れ右をさせられて、そのまま玄関へと背中を押されてしまう。

すると、私が地下水道で拾ってきた行き倒れさんがニコニコと笑った。

「あはは～、面白い家だね。この公爵家は奥方より使用人の方が偉いんだ？」

——私、この人に『公爵家の夫人です』なんて名乗ったっけ？

そもそも聞かれていないから、自分も名乗っておらず。地下水道から連れてきた後、驚いた様子のコレットさんの頼みでリュナン様に鳩だけ飛ばした。そのあと馬車の中では、ずっとヤマグチさんのご飯がどれだけ美味しいかを語り倒していただけである。

朗らかな行き倒れさんに対して、セバスさんは渋い顔。

「誰も、そのようなことを申してはおりませんが」

「でも貴方が言ったんだよね？　彼女が『奥様』だって」

そんな行き倒れさんが、私に聞いてくる。

「君は自分をどうしたいんだい？」

「私は……」

思わずセバスさんやコレットさんの顔を見る。この様子だと、いきなり誰かをお招きしてはいけなかったんだろうな。たしかに何の相談もなく連れてきたのはまずかっただろう。私ひとりが生活している場所ではないのだ。セバスさんらの都合だってある。

でも……でも……。

「私はヤマグチさんのご飯でやっほいしてもらいたいですっ!!」

だって、私はすごくやっほいだったから。

教会にいた頃は、『美味しい』ってことすら知らなくて。

そんな私に『美味しい』を教えてくれたのがヤマグチさんだ。最初の頃はお腹を痛くしてしまったけど……それでも少しずつ、少しずつ美味しい初心者の私に美味しいを教えてくれた。

今では毎日おなかと元気がいっぱいになれたのは、ひとえにヤマグチさんのおかげである。

だから思わずヤマグチさんを見やると、ヤマグチさんはいつもの無表情……のように見えて、少しだけ耳を赤く染めて頰を搔いていた。

――ヤマグチさんが、かわいい!

そんなヤマグチさんに思わずやっほいしていると、行き倒れさんが私の肩に手を置いてくる。

「じゃあ命令すればいいんだよ。君が奥様で、彼らは使用人なんだろう?」

そうだ、その手があった。前にもコレットさんが教えてくれたよね。

街で下水道が氾濫した時に、『奥様』の使い方を――

「ヤマグチさんは今すぐ食事づくりを始めてください! セバスさんとコレットさんはこの方のおもてなしを――これは『奥様』からの命令です!」

すると、ヤマグチさんは「うす」といつもの調子で厨房へと向かう。

セバスさんとコレットさんも渋々ながらも、「かしこまりました」とお辞儀をしてくれた。

――おぉ、命令通りに動いてくれた!

――だけど、本当にこれで良かったのかな?

思わず見上げると、行き倒れさんが頭を撫でてくる。

「うんうん。よくできました。少しずつ慣れていった方がいいよ。どんなに良い人であっても、彼らはしょせん使用人。道具は使い慣れていないと、いざって時に怪我させられてしまうからね」

――それはまるで、セバスさんらを道具と言っているのと同義では？

そんな疑問がよぎるも、その前の言葉がどうしても頭から離れない。

よくやった、それは自分の行為を褒めてくれたということ。

いつもやりすぎて『ど阿呆』と言われるばかりだったから、なんだか妙に胸がこそばゆくて。

――さっきのヤマグチさんもこんな気分だったのかな？

ちょっとだけ、やっほい恥ずかしい。


ヤマグチさんは昼食と夕食の間の中途半端な時間だというのに、それはたくさんの食事を用意してくださった。たくさんの具材と一緒に炒めた穀物や、卵の中に穀物を入れてトロッとしたソースをかけたもの、薄い皮の中にひき肉を入れて蒸したもの、あとプルプルの白くてあっさりしたプリン。しかも真っ赤なベリーまで載っていて可愛い！

「ぷるぷるさっぱり！」

「おれの故郷でアンニンドウフといいます」

「ヤマグチさん、これやっほいです！」

「そうだと思いました。たくさん用意してありますので、お夕飯の後にもお出ししますね」

「やっほい！」

私は夕食が食べられなくなるからと、そんな白いプルプルだけなのだが。

行き倒れさんはヤマグチさんの出したすべての料理を美味しそうに食べている。

「いやあ、これまた異国の変わった料理だねぇ。前からレッドラ家の料理の噂は聞いていたんだ。お相伴に与れてよかったよ」

そんな行き倒れさんからの賛辞に「うす」とだけ返すヤマグチさん。

ヤマグチさんは緊張すると言葉数が少なくなる人。

つまり……行き倒れさん相手に緊張しているのかな。たしかに綺麗な人である。セバスさんが洋服を貸したようで、綺麗な白いシャツ姿になったら、その美貌が明らかになった。

肩より伸びた金色の髪に、リュナン様のような青い瞳。目鼻立ちも整っていて、まつげも長いから男の人なのに人形のようだ。そんな長身痩軀の行き倒れさんが、私に甘く微笑んでくる。

「自分の顔に何かついているかい？」

「いえ……綺麗な方だなぁと見惚れていました」

「お気に召したようで何よりだ。好きなだけ鑑賞してくれていいからね？」

「あ、ありがとうございます……」

ご本人に鑑賞許可をもらうというのも、とても不思議な感覚だけど。

白いぷるぷるをもぐもぐしていると、少し違和感に気が付く。

他のご飯もいつも通り美味しそうだけど、こってり系が多いな？

私が初めてヤマグチさんのご飯をもらった時、お腹を壊してしまった。ずーっと空腹だった人に重たい食べ物は消化不良になりやすく、そのため私はとろとろご飯から少しずつ食事を調整してもらったのだ。

だから……このままじゃ行き倒れさんもお腹を壊しちゃう!?

「大変です！　今すぐ食事をやめてくださいっ!!」

「いきなりどうした？　毒でも仕込み損ねた？」

「そちらの方がよほど対処がラクですっ！」

解毒だったら奇跡で一発だ。毒の内容にもよるけれど、即死性のものでなければなんとでもなる。即死性のものでも多分どうにかなる。

だけど消化不良による腹痛は大変だ。奇跡で胃腸の働きを助けたとしても、その後の疲労感は拭えないので強い倦怠感が残ってしまうだろう。そうしたらせっかくの美味しいヤマグチさんの夕食も楽しんでいただけないではないか！

そう必死に止めようとした時だった。

「ど阿呆」

行き倒れさんが持つスプーンを奪おうとした私の手が止められる。

思わず見上げれば、そこには桃色の前髪を垂らした渋い顔。

「リュナン様!?」

「そうだ、リュナンだ。それで、これはどういうことなんですか?」

おや珍しい。リュナン様が私に敬語――と思いきや、リュナン様は私を見ていない。

どうやら行き倒れさんに向けた言葉だったようだ。さすがリュナン様、初対面の方に礼儀正しい。

「ご紹介が遅れて申し訳ございません。こちら私が地下水道で拾ってきました――」

「いや、すまない……この方とは初対面ではないんだ」

――リュナン様の知り合いだったの?

私が次に続くであろう説明を待っていると、行き倒れさんがくつくつと笑い出した。

「意地悪してすまないね。自分は全部知っているつもりだから、わざわざ彼女の名前を隠そうとしなくていいよ。レッドラ家に嫁いでまだ三か月程度の聖女・ノイシャ＝アードラさんでしょ?」

「はい、ノイシャです」

正確にいえば『元聖女』で、今は『ノイシャ＝レッドラ』となりますが。

すると、とても深いため息を吐かれたリュナン様が、私に向かって告げた。

「この方は王太子殿下だ」

「…………なんですと?」

思わずコレットさんのような口調で首を傾げると、行き倒れさんがお腹を抱えて笑い始める。

王太子って……レッドラ家にお世話になるようになってから、何回か話を聞いたことがある方のはずだ。たしか一年前に婚約者に先立たれてしまい、喪が明けたから新しい結婚相手を探しているとかいう人である。なるほど。言われてみればとても高貴そうなお顔立ちをしている。

まじまじ観察していると、リュナン様が「失礼だぞ！」と私を引き寄せるが――行き倒れ改め王太子殿下は、朗らかに微笑んでくるだけだった。

「構わない。自分がいくらでも鑑賞していいと認めてある。それに……リュナンこそもう少し気を許してくれてもいいのではないか？　自分らは従弟だろう？」

「殿下のお気持ちだけ、ありがたく頂戴しておきます」

「つれないねぇ」

公爵……そうか。公爵は貴族爵位の中でも王族の次に高貴な立場だが、それは『王族の血縁者』であるがゆえ。以前勉強した知識が正しければ、現在のレッドラ家の当主、すなわちリュナン様の父親が国王陛下の弟君にあたるはずだ。今まで伯爵だろうが公爵だろうが『偉い人』には違いないので、あまり気にしていなかったけれど。

たしか現国王陛下にはご子息が二人。陛下自身のご兄弟はレッドラ公爵しかいなかったはずなので……レッドラ公爵に次いで、リュナン様は第四位王位継承権を持つことになる。

――リュナン様が……王様……？

思わずリュナン様をじーっと見つめていると、リュナン様が怪訝に眉をひそめた。

「……なんだ？」

「リュナン様って、もしかして王様になっちゃうこともあるんですか？」

「はあ!?　どうして今、そういう話になる!?」

怒られてしまった。しょんぼり。

だけどどういうわけか、「あっはっは！」と行き倒れ王太子殿下がとうとう目の端に涙を浮かべ始めた。

「本当にノイシャさんはマイペースな人だね！　自分、そういう人は結構好きだよ」

「お気に召したようで……何よりです……？」

それはさっき、この殿下って方に言われた言葉。

すると行き倒れ殿下はお茶を一口飲んでから、立ち上がる。

「一部の臣下たちが君を嫁として迎えるよう計画を練っているって話を聞いたからさ、話が本格化してくる前にどんな人か様子を見てみようと思って——だから、自分も君のこと気に入ったし、君も自分の容姿を気に入ってくれたようだし、両想いだね？」

私の手を両手で包んで、にっこり微笑まれても……どうしたら……。

そんな時、リュナン様がバッと私と行き倒れ殿下を引き離してくれた。

「お待ちください殿下!!　彼女は俺の——」

「申請上はお嫁さんになっているね？　でも相手は王太子だよ？　いずれ彼女は王妃になるんだ。そんな紙切れ一枚、どうにでもなると思わない？」

これは暗に、偉い人から下の者に対する命令だ。私が司教様に逆らえなかったように、おそらくリュナン様もこの人の直接の命令には逆らえない立場なのだろう。

だったら、私は頼っているだけではダメだ。

ちゃんと、自分の口で言わないとダメなこと。

自分の居たい場所は自分で決めていいと――そう教えてもらったから。

「あの……殿下」

「なんだい、ノイシャさん」

「私……殿下とは結婚できません」

「制度的な問題なら、自分がすべてどうとでもするよ？」

その一見甘い誘いに、私は首を横に振る。

「そうじゃないんです……私は、私が望んで、リュナン様の奥さんになったんです」

私は今でも鮮明に覚えている。このお屋敷に居たらいけないと思って、ひとりで『三分聖女』として生きていこうとして、すぐにリュナン様が迎えに来てくれた時のことを。

すごく嬉しかった。高い高いをしてもらって、『世界で一番きみのことを幸せにする』と言ってもらえて、すごくやっほいだった。やっほいをいくつやほほいしても足りないほど、すごくすごく嬉しかった。だから、私は今、望んでこの場所に居るのに。

行き倒れ殿下は何の罪悪感も抱いていない素振りでにこりと微笑んだ。

「まぁ、まだ見た目しか好きになってもらってないからね？」

そして、平然とリュナン様を見やる。

「ねぇリュナン。このまましばらく、この屋敷で自分も面倒みてよ」

「どあ……ご自分のお立場をお考え下さい！　そもそも、この外出の許可を得ているのですか!?」

「ひっそりお忍びに決まっているじゃないか。まぁ、大丈夫でしょ。君のところの上司には、先月の教会騒ぎのゴタゴタで色々融通利かせてあげたからね。今回の件でトントンってことで」

その発言に、リュナン様が「うぐっ」と閉口してしまう。

なんだろう。私の知らないところで、色々面倒事が起きていたのかな。

それはすごく申し訳ないな。なにか私にもできることはないのかな。

だけどそれを思案する暇もなく、行き倒れていた人は一方的に私の手を摑んできた。

「そういうわけで――ちゃんとしたご挨拶が遅れてすまなかったね」

そして片膝をついて、私の手の甲に唇を落として。

やっぱり、綺麗な笑みで見上げてくるのだ。

「自分の名前はアスラン＝ジョゼ＝アルノード。このアルノード王国の次期国王、王太子って立場の人間だよ。これからどうぞ末永くよろしく」

「どうするの、これ？」

「どうにかやり過ごすしかないだろう、これは」

アスラン殿下に「彼女とゆっくり食事の続きがしたい」と、暗に席を外すように言われてしまい、食堂を出れば。

しっかりと聞き耳を立てていた臣下二人がジト目で見上げてくる。

「……これは俺が悪いのか？」

「いいえ、ただの八つ当たりです」

そう答えたコレットが珍しくため息を吐いている。

一見平常ながらもきちんと腰に剣を携えているセバスが疑問を投げてくる。

「旦那様はこの後、また仕事にお戻りに？」

「一時抜けてきただけだからな。事のあらましを団長に相談して、陛下に殿下の居場所と保護した旨を報告する必要があるだろう……それで、陛下が殿下に戻るよう言ってくれればいいんだが……」

「歯切れの悪いご返答ですね」

セバスもわかっているだろうに、わざわざ口に出してくるところは本当に性格が悪い。

それも合わせて嘆息をしつつ、俺は眉間を押さえた。

「殿下は今まで新しい婚約に積極的ではないという噂だったからな。自ら出向かれたという話が本当なら、陛下としても喜ばしいだろう。ちょっとやそっとのわがままは大目に見る可能性が高い」

しかも行方不明ならともかく、良くも悪くも従弟の公爵子息が構える屋敷である。警護の人数が少ないことが難点かもしれないが、それは陰で増やせばいい話。城からそう距離がある場所でもないのだから、そんな手配は容易だろう。

——本当に抜け目のない……。

アスラン殿下自身、そこまで見通しての突然の訪問だったのだろう。

昔から頭の切れる御人だ。だからこそ、陛下も王座を長兄殿下に譲りたいと躍起になっているのだという。弟殿下は野心家で、やる気はあるが危なっかしいところがある。だからこそ弟殿下を持ち上げようという派閥も少なくないのだが。

そんな時、コレットがにやにやと距離を詰めてくる。

「それはそうと～。この際リュナン殿下が王位を狙ってみるという案はないので？」

「ばかな敬称はやめろ。そういうおまえは、俺に国王が務まると思うのか？」

コレットがすぐに肩を竦める。

「めんどくさい法律が増えそうですよね～」

「全国民の起床時間や、医師に相談する体温まで定めそうですな」

「毎週法改正のお触れが出されそう～。仕官試験とか大変ですよ？　一字一句それを覚えなきゃいけないんですから」

「そして少しでも間違えたら『ど阿呆』の判を押されるのですぞ。きっと『ど阿呆』と言い返して辞める仕官たちの数が絶えないと――」

とても盛り上がり始めた二人に対して、俺は両手で待ったをかける。

「よ～くわかった。安心しろ、おまえらの期待通り絶対にそんなモンにはならないから!!」

その言葉ににんまりと満足げな親子二人の仲の良さよ。

有能な臣下を持ったことを誇らしく思いつつ、俺は二人の横を通り過ぎた。

「だが、基本的に俺らの方針は変わらん――ノイシャの身の安全を第一にしろ。仮に彼女が泣くようなことがあったら……殿下だろうと容赦はいらん。とっとと屋敷から追い出せ。後のことはその時に考える」

我ながらとんでもない命令にさえ、二人は何の文句も言わずに『すべては主の思うままに』と頭を下げて。そんな二人に苦笑しつつ、俺は自らマントを羽織った。


その日、リュナン様は屋敷に戻ってこなかった。

正式に言えば、私が寝た後に戻られたようだが……私が起きた時には再び出かけてしまわれていたのだ。

「ががーんっ。二日も続けてお見送りができないなんて!!」

「でも旦那様はノイシャ様の寝顔をしっかり見てから出ておられましたよ。今日もこう、にゃ〜と幸せそうに顔が緩んで……正直に言って気持ち悪かったです」

――気持ち悪いリュナン様の顔、すごく見たかった……!!

コレットさんとそんな会話をしながらも、いつもより念入りに身なりを整えてもらう。お客様が滞在している以上、ジャージ姿は相応しくないだろうとのことだ。当分は寝る時以外にジャージの出番はなさそうである。みんなでお揃いのジャージを着ている光景がとてもやっほいだったから、それだけがちょっとしょんぼり。

なのできちんとしたワンピースを着せてもらい、食堂へ向かえば。

そこには「やあ」とすでに席についている元・行き倒れ殿下ことアスラン殿下が待っていた。どうやら先に朝食を食べていたらしい。コレットさんがゆっくりしていたから、まだ殿下も寝ていらっしゃるかと思ったのに……。

後ろのコレットさんを見やれば、「まだ食べていたのか」とつまらなそうな顔をしている。これはコレットさん、わざと私と殿下の食事時間をずらそうとした?

私はまばたきを三回してから、アスラン殿下に向かって頭を下げる。

――さぁ、仕事を始めよう。

王太子殿下というお客様がいる以上、相手がどういうつもりであれ、私に求められる役割は『公爵夫人』。コレットさんの思惑はともかく、失礼なことをしたならきちんと謝罪をしなければ。

だから頭を上げたあと、私はシャンと背筋を伸ばす。

「おはようございます。殿下の朝がこんな早いとは知らず、遅れてしまい申し訳ありませんでした。どうぞご満足いただけるまで鞭で罰していただければと思います」

「いや……今まで君、この屋敷でどんな扱いを受けていたの？」

どうしてだろう、アスラン殿下が今までで一番困惑した顔をしている。

でも殿下の杞憂は明らかに方向が違うので、私は即座に訂正した。

「レッドラ家にお世話になってからは、どんなにご迷惑をおかけしても鞭で打たれたことなど一度もございません。毎日やっほいさせていただいております」

「たとえば、どんな？」

どんなやっほいがあったかと聞かれたら……。

私は指折り数えたくなるのをなんとか堪えて、シャンとしたまま答える。

たとえば、コレットさんが毎日干してくれるシーツがやっほい気持ちいいこと。

たとえば、セバスさんがぐーたらで育てている花が綺麗なこと。

たとえば、ヤマグチさんと研究開発を進めているアイス作りで、最近シャーベットというしゃくしゃくした新メニューができたこと。

たとえば、リュナン様と遠乗りに行こうとする日に限って天気が悪く、代わりにカードゲームでやっほいしていたらいつも私が勝ってしまい、最近相手をしてくれなくなってしょんぼりなことが、同時にやっほいで。私の性格が悪いのかと悩んでいること。

そんな何気ない毎日のやっほいを話していると、食事の途中で頬杖をついていたアスラン殿下が苦笑を浮かべていた。

「〝やっほい〟って面白い言葉だね。ゆるい言葉だとは思うんだけど、君が幸せそうだということはとてもよく伝わってくるよ」

なんだか感心されているような、ばかにされているような。

どちらにしろ私には関係のない話。お客様に目くじらを立てるなど論外である。

「お気に召していただけたようで何よりでございます。朝食のお味はどうですか？　お口に合いますでしょうか？」

「うん。シンプルなよくある朝食メニューだったから少し残念ではあったんだけど、食べてみてびっくりしたよ。トースト一つにしてもこんなに美味しいとは思わなかった。焼き方やバターの量が絶妙だね」

今朝のメニューは厚切りトーストに目玉焼きにベーコンに、野菜たっぷりのコンソメスープだ。

正直ヤマグチさんのトースト以外を食べたことがないから、殿下の驚き具合を今一つ理解しきれないのだけど……ヤマグチさんの料理が美味しいことは世界の真理である。やっほい。

だから「ヤマグチにも伝えておきます」と落ち着いた口調で答えようと思ったのに……。

なんだろう……どんどん息が上がっていく……。

苦しいな。なんだか目の前がチカチカする。

なんか……ダメ、かも……。

「コレットさ……ん、ごめんな――……」

そうして、カクンと膝から力が抜けてしまうも、コレットさんがすっぽりと私を支えてくれる。

「殿下、すみません。三分が経過したようです」

「三分?」

「ただいま奥様は『仕事モード』を発動していたようですが、三分を過ぎるとこうして倒れてしまうのです」

「それは……なかなか難儀な体質だね?」

困惑する殿下をよそに、コレットさんは私を軽々と横抱きに持ち上げる。

「なので、これにて御前を失礼いたします」

おぼろげに見えるコレットさんの毅然とした顔が、すごくカッコいい。

食堂を出ると、少しずつ呼吸が落ち着いてくる。今回は意識を失わずには済んだみたいだ。それもこれも、全部レッドドラ家の皆さんのおかげだな。毎日美味しいご飯をたくさん食べて、たくさん寝て、毎日やっほいと過ごさせていただいたおかげである。

「それなのに、ダメだな～」

私はベッドまで運んでもらってから、その上で膝を抱える。

こんなにもお世話になっているのに、お客様への朝の対応すらまともにできないとは。

これじゃあ、『公爵夫人』失格である。リュナン様にも呆れられてしまうかな。セバスさんに斬り捨てられてしまうかな。

そうため息を吐いていると、コレットさんが小さく頷いた。

「かしこまりました。それでは『作戦・キリング』の開始を父さんに報告して参りますね」

「それは……何の作戦なんですか？」

「あっ、ノイシャ様は何の心配もしなくていいですよ～。ただノイシャ様を泣かせるクソ野郎をメッ♡してくるだけなので」

「メッ……してくる？」

「はい、メッ♡してきますね！」

メッ♡するとは何だろうか……。だけど、とりあえずコレットさんとセバスさんに任せてダメだったことは一度もない。今回もお任せしようと、そのたくましい背中を見送ろうとすれば、トントンと扉がノックされる音が二回。

「開けてもいいかい？」

コレットさんが「どうしますか？」とこちらに視線を向けてくる。

この声はアスラン殿下のものだ。

——ここで断って、もしリュナン様に迷惑をかけることになったら。

私が断る理由はない。

「どうぞお入りください」

自分でそう声をかければ、ゆっくりと扉が開かれる。

そして開口一番、アスラン殿下は謝罪を口にした。

「さっきはごめんね。昨晩執事さんから聞いていた注意事項のことを失念していたよ。あれでしょ？　三分以上の緊張状態が続くと、まだ身体がついてこないんだよね？」

どうやらセバスさんが事前に私のことを話してくれていたらしい。さすがである。

そんなセバスさんの姿を、今日はまだ一度も見ていない。やっぱり忙しいのかな？　あとでアイスでも差し入れしてあげたいな、などと考えている間にも、アスラン殿下は私を励ますように優しい言葉をかけ続けていた。

「別に自分に対して畏まろうとか、変なことを気にしないでいいから。嫌なことがあったって君たちをどうこうするつもりもない。友達が遊びに来ているくらいの感覚でいいからさ」

「どうこうするつもりとは……処罰するつもりはない、という解釈でよろしいでしょうか？」

「勿論勿論。それこそ、鞭で打つとか体罰も含めて、たとえそこのメイドちゃんの袋叩きにあって簀巻き状態で路地裏に捨てられたとしても、一切の文句を言わないと誓うよ。神に誓うのと、誓約書、どちらの方がお好みかな？」

「それでは――誓約書で」

なぜかコレットさんの目が泳いでいるのが気になるけれど。

奇跡を使って神に誓ってもらう方が制約は強いが、おそらくあとでリュナン様にも報告する必要があるだろう。そのことを鑑みれば、紙に記録を残した方がわかってもらいやすいかと思う。神に誓った効果を示す聖印がお互いの身体に残るのは……なんかモヤモヤするので。

「コレットさん、紙と筆を用意していただけ――」

「こちらにございます」

なんてことだろう。まるでタイミングを計っていたかのようにセバスさんが必要なものをすべて揃えた状態で登場した。さすがセバスさん。ずっと陰から見守っていなければわからないような素晴らしいタイミングの良さである。

「ん、ご苦労」

対して、アスラン殿下はそれに驚くことなくセバスさんから紙と筆を受け取って、さらさら～と必要事項を書き込んでいく。そして、それを私より先にセバスさんに渡した。

「はい、どうせ確認したいんでしょう？」

「……それでは拝読させていただきます」

丁重に頭を下げて、書類に目を通すセバスさん。そして私に向けてくる顔は、いつも通りに柔らかいものだった。

「これならば特に問題ないかと。ですがノイシャ様もゆっくり確認して、大丈夫だと思われましたらサインをお願いいたします」

そう、丁寧に渡された書類に目を落とせば。

そこにはどうってことない文章が書かれていた。


アスラン＝ジョゼ＝アルノードは、ノイシャ＝レッドラが同意しないことを一切強要しないことをここに誓う。また、ノイシャ＝レッドラがアスラン＝ジョゼ＝アルノードにレッドラ家からの立ち退きを願い出た場合、アスラン＝ジョゼ＝アルノードは速やかに実行する。


とてもシンプルな二文だ。サインしない理由がない。

ただ、一点補足するならば。

「こちら、あとでリュナン様のサインを入れても宜しいでしょうか？」

「別に構わないけど……ちなみにどうして？」

「アスラン殿下が私に危害を加えるつもりがないことを伝えて、リュナン様にも安心してもらいたくて」

ゆっくりとリュナン様とお話しする時間は取れていないけれど、昨日の様子からして、リュナン様はアスラン殿下に敵意に似た感情を向けているように思えた。

だから……これで少しでも、安心してもらえたらと思って。

立場的に色々あるのだろうけど、どうにも私は、この人がそんなに悪い人のようには思えないから。

だからすぐに首を縦に振ってくれるかと思ったのに。アスラン殿下が「ダメだ」と言ったことはとても意外だった。

「それじゃあまるで、リュナンが君の保護者みたいだろう。君はもう十八歳で成人した女性だ。自分の言動には自分で責任をとる覚悟がなくてはならない。夫を支えたいのなら、なおさらね」

「なるほど？」

たしかに、私はリュナン様の『妻』であって『子供』ではない。

どうにもアスラン殿下の言葉がストンと腑に落ちないけど……なんだろう。なんかとても大事なことを言われているような気がする。

そんな理解の足りなさが顔に出ていたのだろう。アスラン殿下が小さく苦笑した。

「心配なら、この書類をリュナンに見せてからサインするといい。家のことを夫婦で相談するというなら、いたって普通のことだからね」

「……ありがとうございます。それでは、明日こちらの書類にサインさせていただきます」

そう頭を下げると、アスラン殿下は「そんなに感謝されるようなことではないよ」と目を細めて。

「それじゃあ、自分はここらで退室させていただくよ。また倒れられでもしたら大変だ」

「あっ……お気遣いありがとうございます」

そう再び頭を下げた時には、もうアスラン殿下は踵を返していた。

「あとで気が向いたら、屋敷の案内でもしてくれたら嬉しい。仕事じゃなくて、君の暇つぶしの一環としてね」

そして、片目を閉じてから本当に部屋から出て行ってくださった。

最後の動作は……目でも痛かったのかな？

それをコレットさんに聞いてみたら、お腹を抱えて大笑いしていた。

コレットさんは「ぜひ治療してあげてください」と言っていたけど……むむ。なんか間違っているような気がする。


その日は珍しくリュナン様が早く帰ってきてくださった。

夕方に帰ってくるなんて、この一か月で三回もなかったと思う。

今日は一緒に夕ご飯が食べられるぞ――と喜ぶ、その前に。私は例の書類をリュナン様に見せた。

「これにサインしてもいいと思いますか？」

「よし、よくやったノイシャ。すぐさま殿下を追い出すぞ」

「えっ？」

私は疑問符を上げた後、恐る恐る聞いてみる。

「アスラン殿下……追い出しちゃうんですか？」

「は？　追い出さないのか？」

すると、今度はリュナン様に聞き返されてしまった。

たしかに、この契約書が承認されれば、私の一存でアスラン殿下にお帰りいただくことも可能となる。だけど……正直、それはあまり気の進まない選択だった。

「……もう少し、お話ししてみたいです」

私如きが、皆さんと反する主張をするのはおこがましい。それこそ鞭で打たれて撤回を求められることになるかもしれない。あるいはセバスさんに『用済みですな』と斬り捨てられてしまうやも。

だけどリュナン様は怒るどころか、なぜか泣きそうな顔をしていた。

「きみは……やっぱり俺との結婚が嫌なのだろうか？」

「そんなことはありませんっ！」

即座に否定する。もちろん大否定だ。

だってリュナン様が私を買ってくれたから、今のやっほいがあるのだから。

どんなに首を横にぶんぶん振っても、リュナン様の顔は晴れない。

「じゃあ、やっぱりわかっていないんだな。あの男は、きみとの結婚を狙っているんだぞ？」

「だんまり……させてください」

わかっていないことはない、つもり。

アスラン殿下は聖女である私を国に縛り付けるために、婚姻という形にしようとしている。他の聖女らに比べて、私の使う奇跡は規格外のことが多いらしいから。リュナン様たちが言うには、私は政治や国益にとても役立つ存在らしい。

「こんな言い回しは恰好つかないが……あいつは俺からノイシャを奪おうとしている、とも言える」

少し前なら、多くの人に役立つならと喜んで選んだ道だったかもしれない。今だって、誰かのキラキラした笑顔が見られるなら、喜んで下水道に潜るくらいだ。でもそれは、リュナン様と、セバスさんやコレットさんやヤマグチさんのいるこの屋敷に帰って来ることができるから。

「私は……リュナン様のモノ、ですよ？」

「それなら、どうしてアスラン殿下の肩を持つんだ？」

「そういうわけではありません。先に申した通り、もう少し話をしてみたいと思っただけで――」

「もういい」

私の言葉を遮った声はいつもより低かった。

「きみの好きにするといい。ただし、きみが招いた客だ。きみが責任を持ってもてなすように」

「もて……なし……？」

「概念はコレットにでも聞け。俺は疲れた。このまま寝るから、部屋から出て行ってもらえるか?」

まだ、窓の外で太陽がギリギリまでオレンジ色を届けようとしている時間である。毎日お疲れのリュナン様とて、寝るにはまだ早い時間であろう。つまり……そういうことだ。

リュナン様が怒ってしまわれた。

私とはもう話したくないと仰っている。

だから今日も、私はリュナン様と一緒にご飯を食べることができないらしい。

「畏まりました」

——きっと、私が悪いんだよね。

——鞭で打たれないだけ、やっぱりリュナン様はお優しいんだ。

カーテンが揺れる窓の外から夕陽が深く差し込んでいた。

燃え尽きる直前のような空を背に、一人部屋を出る。

ゆっくりと閉じた扉に、私はそっと背中を預けた。

この気持ちは何なのだろう。

涙が出るわけでもないのに……今までで一番しょんぼりする。

「見ーちゃったー見ーちゃったー。とーうさんに言ってやろー」

「どこに隠れていたんだ、おまえは」

ノイシャを部屋から追い出して早々、コレットが部屋の天井からシュタッと飛び降りてきた。

夫婦の会話を堂々と盗み聞きしていた彼女は、まったく悪びれる素振りもなく胸を張る。

「隠密ならこの屋敷で一番と自負しておりますからね。旦那様から隠れ通すくらい、余裕のよっちゃんですよ！」

「自慢しないでくれ。俺のただでさえ小さな自尊心が傷つく」

「あら、旦那様は自信がないんですか？」

その疑問符に、俺はため息を隠せない。

――自信があれば、こんな器の小さな対応しとらんだろうが。

セバスやコレットを含めた俺ら『家族』を除いたら、久しぶりに自分と向き合ってくれる相手だったのだろう。彼女が友人になりたいと願っていた二人と強制的に距離を取らせている手前、本来ならば彼女の望む通り、他者との対話をさせてやるいい機会とも言える。

ただし、それはアスラン殿下でなければの話だ。

アスラン殿下はノイシャという聖女を城へ迎え入れたい思惑を隠さなかった。むしろ、そのことは誠意的だ。地下で待ち伏せていたということは、上下水道の一件がすべてノイシャの偉業である旨も把握されていることだろう。大聖女と謳われるのか、女神の御子と謳われるのか。その敬称はわからないが……確実に、ノイシャがその冠に相応しいか見定めに来ているのだ。

――それで、ノイシャの意にそぐわず城行きを命じられてしまったら。

――それどころか、俺よりもアスラン殿下に惚れたなどと言われようものなら。

もしも後者なら、すべて丸く収まるのかもしれない。

ノイシャも好きな男と結婚ができ、国としてもノイシャという冠のおかげで更なる安寧が築ける。

ただ、俺が嫌なだけ。

俺がノイシャを手放したくないだけ。

もう一度ため息を吐けば、コレットが俺の眉間を指先でグリグリ押し込んでくる。

「痛いんだが？」

「そりゃあ痛くしてますので」

「やめろよ」

「真面目が無駄に考え込んでますと言わんばかりにしわを寄せている方が悪いんですよ」

口の減らないメイドに免じて、俺は思考を変えることにする。

そもそも、こういう時にコレットが助言に来ることが珍しいのだ。普段は物理的手段はとらないけれど、もっと口が達者な者がやってくるのだから。

「セバスは何をしている？」

「一人で結婚式準備を進めてますよ。余計なお客様が来たので、わたしはノイシャ様のサポートをするようにと準備作業から外されてしまいました。まぁ、準備の隙を見ては殿下の様子を観察しているようですが」

「有能すぎて、セバスがいないと生きていけないな」

俺が愚痴れば、コレットは腰に手を置く。

「でも、父さんもボチボチいい歳ですからね～。いつまでも甘えてはいられませんよ」

「あいつは『ノイシャが泣くぞ』と脅せば、百歳以上生きるんじゃないのか？」

「少なくとも、ノイシャ様の子供が嫁に行くまでは現役でいるつもりのようです」

「せめておまえの子供ではなく？」

養子とはいえ、セバスの娘はコレットである。なので『孫の花嫁衣裳』と望むならコレットの子供であって然るべきだと思うのだが……。

そこに何の違和感も覚えていない当人は、合点がいったとばかり両手を打った。

「わたしがノイシャ様と結婚すれば、すべて解決するのでは？」

「やめろ。冗談だとわかっているのに、無性に悔しい気持ちになる」

「どうぞご存分に悔しがってくれていいですよ？」

「ど阿呆」

すでに勝ったつもりでいるコレットを、俺は噴き出しながらも罵倒する。

リュナン様に怒られてしまった翌日。

私が日が昇る前に目覚めても、すでにリュナン様の姿はなかった。

コレットさん曰く、昨日早く寝た分、今日は早くに目覚めたらしい。だから溜まっている仕事を片付けるために早朝から仕事に向かってしまわれたようだ。

――リュナン様からの信用を取り戻さなければ。

リュナン様に任されたこと――それはアスラン殿下のおもてなしだ!

「――というわけで、今日から全力でおもてなしをさせていただこうと思いますっ!」

「それはどうもありがとう。それで食堂のあちこちで目を楽しませてくれている蝶と花の幻影が、君からのおもてなしでいいのかな?」

「えっへんっ!」

アスラン殿下が『仕事モード』で対応しないでいいと言ってくれたから、心持ちは『ぐーたらモード』で。私はお花畑の真ん中で胸を張った。ちなみに、ここはちゃんとレッドラ家の食堂である。

アスラン殿下の察しの通り、いつもの食堂に幻影の奇跡を張り巡らせたのだ。

余談だが、奇跡を使う前にセバスさんとコレットさんにめちゃくちゃ止められた。私があらゆる奇跡を行使することを殿下が知れば、ますますこのお屋敷に居られなくなってしまうらしい。

――でも、私はおもてなしをしなくっちゃ。

奇跡以外のことで誰かにやっほいしてもらえるすべを、私は知らない。

だからここも『奥様命令』を発動し、奇跡を強行させていただいたのだ。

そんな渾身のおもてなしの中で、ゆっくりと足を組み直した殿下は、私に向かって微笑んだ。

「ちなみに、ノイシャさんは『おもてなし』って何だと思う？」

「お客様に少しでも楽しんでもらうことかと思いました」

「それも一理あるね。だからこのもてなしもハズレではないのだけど、自分は少し違った方向性を頼んでもいいかな？」

「違う方向性とは？」

私が首を傾げると、アスラン殿下はテーブルの上で両手を組んで、ゆっくりと説明してくれる。

「もてなしには二種類あると思っていて、一つは君の言う通り『客を楽しませること』。そしてもう一つに、『客に寛いでもらうこと』というのもある」

「くつろぐ……」

ふむ。なぜか、寛ぐという単語は教会にいた時はまるで無縁だったはずなのに、妙にしっくりくる気がする。私が殿下の言葉を咀嚼していると、殿下は満足げに頷いてから話を続ける。

「そして自分都合で申し訳ないけど、城では次々に仕事を持ってこられてしまうから、息吐く暇もない日々でね。この滞在は、自分の休暇の意味も兼ねているんだ。だから、自分は君の後者のもてなしを所望したい」

「なるほど?」

地下水道で行き倒れていたのも、もしかしたらあながち嘘ではなかったのかもしれない。

ここまで言うくらいだから、きっと睡眠時間も毎日一時間くらいだったのだろう。私も睡眠時間が二時間を切った翌日はつらかった。食事もさすがに泥水ということはなくても、片手間で食べていたに違いない。ものすごく親近感を覚える。

つまりあれだ。私の中で点と点が線で繋がる。

「寛ぐって……ぐーたらだっ!?」

そうだ、どうしてすぐに気が付かなかったのだろう。殿下はぐーたらを所望されているんだ。

そうか、だからリュナン様も殿下を私にお預けくださったんだ。何かを極めるためには、人に教えるということが近道だと本で読んだことがある。これはリュナン様が、私がぐーたらを極めるために与えてくださった試練なのだろう。

昨日リュナン様から感じたピリピリも、察しの悪い私にイライラしてのことだったのかな。

——やっほい、モヤモヤがすっきり晴れたぞ!

私がやっほーいとリュナン様の慈悲に感動していると、アスラン殿下がくすくす笑っていた。

「まぁ、ぐーたら?　自分は聞き馴染みのない単語だけど、そんな方向性で合っていると思うよ?」

「それならばお任せください！　私、ぐーたらは得意なんです！」

「正直、とてもそうは見えないけど」

まだ殿下の信用は勝ち取れていないらしい。苦笑を深められてしまう。

それでも私はめげずに、前のめりで言いのけた。

「しかし、私はリュナン様と『ぐーたらをやっほい極めろ！』という契約を結んでいるので！」

「そんな婚前契約、生まれて二十六年で初めて聞いたよ」

どうやら殿下は私よりも八つほど年上らしい。なるほど、年長者ならではのぐーたらを提供する必要がありそうだ。こうして少しずつ、殿下自身のことも知っていかなければ。どうせなら個人に合わせてカスタマイズしたぐーたらを提供した方が、よりぐーたらを満喫してもらえるだろう。

「じゃあわかった。それじゃあ、朝食のあとで自分の『ぐーたらスケジュール』をノイシャさんに作ってもらおうかな？　期待しているね」

「畏まりましたっ！」

――よぉーし、やるぞぉー!!

遠くのお城で今も頑張っているリュナン様に届くように。

私は全力でやっほいと両こぶしを掲げる。

プロデュース・ノイシャ　ぐーたら①　お散歩やっほい！

「歩きながら何を書いているんだい？」

「リュナン様にあとで提出するアスラン殿下用のぐーたら報告書です。お別れの前に全部まとめて、アスラン殿下にもお渡ししますね。ぜひお城でのぐーたら生活にお役立てください」

「う、うん……楽しみにしているね」

そんな会話をしながら、私がぐーたらの手始めに誘ったのは庭の散策だった。

朝食のあと、腹ごなしに少しの運動をした方がお昼ご飯が美味しく食べられることを実体験で学んだ。成人男性ということで本当はもう少し運動強度が高くてもいいのかもしれないけれど、今日は初日だ。行き倒れるほどのお城生活の疲れが二、三日で取れるとも思えないので、少しずつ運動量を増やしていけばいいだろう。もし滞在期間が長引くようであれば、水泳ができるような川を用意してもいいかもしれない。

だけど、そんな先の可能性は後回しだ。今はセバスさんが毎日手入れを頑張っているぐーたらを、ここぞとばかりにお披露目しなければ！

「アスラン殿下、この薔薇をご覧ください！」

「へぇ、珍しい色の薔薇だね。優しい色合いだし、夜会に一輪挿していったら、あっという間に人気が出そうだな。こういう淡い色の花なら悪くない」

「なるほど？」

私は報告書に殿下の好みも書き込んでいく。

淡い色の花なら悪くない――つまり、濃い色の花は嫌いだということ？

どうせなら、もう少し詳細な情報も記載しておきたい。

「殿下のお好きな花はなんですか？」

「あまり花には詳しくないんだよね……」

殿下は苦笑してから、何気ない疑問を返してきた。

「ねぇ、花弁が赤とピンクの中間色で、真ん中がやたら黄色い花の名前は知っているかい？」

「えーと……ローダンセ、とかですかね」

私は頭の中のお花辞典を開いて検索してみる。貴族の人たちはお花好きの方も多いということで、懺悔室での会話に困らないようにと司教様に全世界の花を覚えるように命じられたのだ。

ローダンセは多重に細長い花弁が並んだ小さい花で、それこそ名前の由来は『薔薇色の花』だったはずだ。栽培に難しい花ではないのでよく見るらしいが、だからといって名前が知れ渡っているわけではない――そんな花。

それを説明してみれば、殿下は「たぶんそれだ」と頷かれた。

「その花言葉ってさ、『変わらぬ想い』なんてものもあるのかな？」

「そう……ですね。そんな意味もありますね」

「ふーん……いやね、かつての友人がプレゼントしてくれたことがあって。わざわざ自分で一から育てたんだって。植木鉢でもらったことなんて初めてだったから、俺はすぐに枯らしてしまったんだけど……それを報告した時の彼女の顔が、まるで化け物のようでさ。すごく怖かったんだ」

なるほどなるほど。殿下の昔の女性のご友人が、怒るととても怖い、と。

さすがの殿下も友人の話になると気が緩むらしい。一人称が『俺』になっていた。これも『おもてなし』の重要なヒントになるだろう。メモメモ。ぐーたらは気が緩んでこそのぐーたらである。

でも昔の……と付けるからには、今はその友人と交流がないということかな。それを記載する前に確認しようとすると、アスラン殿下が話を戻してきた。

「どうしてノイシャさんはこの薔薇を自分に見せたかったの?」

「あっ、セバスさんが長年かけて交配してできた薔薇らしいので!」

セバスさんは凄いと伝えたかった旨を話せば、再び一人称を戻してしまった殿下は苦笑した。

「家臣の功績を自慢するのはいいけれど、親しみすぎる呼称かな。少しずつ直していこうね」

その指摘に、私は小首を傾げてみる。

「今はぐーたらモードでのご対応で宜しいのでは?」

「そうだね。普段から家臣に対して敬称を付けるのはよくないと言っているつもり」

――セバスさんは、セバスさんなのでは……?

私が困惑していると、アスラン殿下はまた小さく苦笑されてしまった。

あまりに連日苦笑されすぎて、なんだかムムムッという気持ちになる。

だけどそれを口に出すには言語化が難しくて余計にムムムとしていると、アスラン殿下は後ろのコレットさんに話しかけていた。

「それで？　メイドちゃんはいつまでついてくるのかな？」

「僭越ながら、王太子の大切な御身に何かあるといけませんので。護衛とお思いくださいませ」

「絶対に自分の護衛ではないと思うけど、大目に見ようか。でも結婚式の準備も順調とは言えないのだろう？　自分のことは気にせず、そちらを優先してくれていいと執事にも伝えておいてくれ」

その言葉に、コレットさんは「殿下の寛大なご配慮はしかと父に伝えておきます」と、スカートの裾を少しだけつまんだ綺麗なお辞儀をする。その姿は思わず見惚れてしまうほど優雅なのに……なぜだろう。コレットさんの瞳の奥がムムムとしているように見えるのは。

キョロキョロとお二人を見ていると、

「奥様、少々」

コレットさんが顔を近づけてくる。なんだろうと私も顔を寄せると、耳の辺りでコソコソと言われてしまった。むふふ、くすぐったいな。

でも……話の内容はあまり笑えないものだった。

「……私が聞くんですか？」

思わずコレットさんを見返すも、コレットさんに粛々とした表情で「どうかお願い申し上げます」といつもより丁寧な口調で頼まれてしまった。……これはなんてこったい？

戸惑っていると、助け船を出してくれたのはなんとアスラン殿下の方。

「基本的に格下の者から格上の者に対して話しかけることはマナー違反なんだ。特に使用人が王族に対してなんてご法度だね。だからメイドちゃんは自分に聞きたいことがあるけど、少しでも立場が近い君に頼んでいるってわけ」

「コレットさんは格下なんかじゃありません！　私の大切な……大切な……!!」

——本当なら『家族です』と言いたい。

でも、もしも『違う』と言われてしまったら……正直しょんぼりから立ち直る自信がない。

うつむいていると、そっと殿下の手が私の唇の下を撫でていた。そういや痛いな。無意識に唇を噛んでしまっていたらしい。ぽっかり口を開きながら見上げれば、殿下は再び優しい笑みを浮かべていた。

「一度に話すと大変だろうからね。それでメイドちゃんは何が聞きたいって？」

「……結婚式の準備を進めて、殿下は不快な思いをされないのかと」

本当はもっと厳しい言い方だったけれど、そこは少し丸い表現にさせてもらった。

私が代弁すれば、殿下はあっけらかんと答える。

「自分に構わず好きに進めてくれて構わないよ。婚姻がどう転んだとて、無駄になることはないだろう。もしレッドラ家で不要となるようだったら、きちんと金銭処理もした後で有効活用させてもらうので安心して」

バキッとした大きな音が響いた。

なんだろうと見渡せば、コレットさんの足元で石が割れている。石が……割れている？

だけどコレットさんは怪我するどころか、その表情も穏やかに微笑を浮かべているようだった。

少し視線を下げていて、その目の色までは見えないけれど。

そんなコレットさんに声をかけようとする前に、私は腕を殿下に引かれてしまう。

「ねぇ、あの花のアーチもこの館の執事が作ったものなのかい？」

「あ、はい……先日私もお手伝いをさせていただきまして」

「へぇ、見事だね。城の庭師としてスカウトしたいくらいだ」

それはきっと、お庭いじりが好きなセバスさんにすれば最高の賛辞なのだろう。

なのに、この場にセバスさんがいなくてよかったと思ってしまうのはなぜなのだろうか。

↓殿下はローダンセの花に思い入れがあるらしい。セバスさんはやっぱりすごい。

プロデュース・ノイシャ　ぐーたら②　お昼寝やっほい！

『なりませんっ！』

お昼ご飯の後、枕を持ってアスラン殿下が使っている客室に行こうとしたら、コレットさんのみならずセバスさんからも怒られてしまった。セバスさんがどこから出てきたのかわからないけれど……とにかくしょんぼり。

でも、少しだけ説得を試みる。

「リュナン様からご提示された私の契約書には、お昼ご飯の後はお昼寝推奨と書かれてますよ?」

するとと、セバスさんが珍しく眉間にしわを寄せていた。

「正直、今ばかりは旦那様のお言葉を借りたい心地ですな」

「それは……『ど阿呆』でしょうか?」

「まさにその通りです――ノイシャ様、ノイシャ様の夫は誰ですか?」

「リュナン＝レッドラ様です」

「それならば、どうしてノイシャ様は枕を抱えて殿下の部屋に向かおうと?」

「添い寝をしようとしたからです!」

なんてこったい。お二人が仲良く頭を抱えてしまったぞ?

私がオロオロしていると、セバスさんがゆっくり息を吐いてから膝を曲げる。

「どうしてアスラン殿下と添い寝をしようと思ったのですか?」

「私が今までで一番やっほいと眠れた夜が、リュナン様に添い寝をしてもらった時だったからです」

あれは抱き枕の設計を考えていた時。コレットさんのアイデアでリュナン様を抱き枕代わりにさせてもらった夜があったのだ。リュナン様のぬくもりを感じて眠った一夜は、包まれるような抱擁感もあって、とても目覚めの良いやっほいな朝を迎えられたことを今でもよく覚えている。

しかし私はリュナン様と違って身体が小さい。リュナン様と同じような抱擁感を殿下に与えることはできないだろう。それでもないよりはマシだろうと、僭越ながら抱き枕になりに赴いていたのだが。

コレットさんが大きなため息を吐いて、セバスさんの肩に体重を預けていた。

「父さん、この可愛すぎる生物は世に出しちゃいけない気がしてきた」

「同感だ……このままどこかに隠してしまおう――」

セバスさんが同意しかけた時だった。

「それはならないよ」

客室の扉を開けて、アスラン殿下が壁にもたれかかっていた。

どうやら私たちの問答を聞いていたらしい。殿下は柔和に微笑みながら尋ねてくる。

「それならノイシャさん。家臣たちの前で堂々と自分とノイシャさんが同じ場所で仮眠をとることができるようなアイデアはないのかな？」

「皆様に怒られない方法で、心地よい睡眠をとる方法……」

セバスさんとコレットさんが問題視しているのはなんだろうかと考える。

どうやら『添い寝』がダメらしい。添い寝とは同じベッドで肌を寄せ合いながら眠ること。

しかしお二人は『添い寝』はダメでも『一緒にお昼寝』すること自体にはダメと言っていないようにも思える。それならば、お二人を心配させないような環境を用意すればいいわけで。

「こんなものは如何でしょう？」

それから数十分後。私はコレットさんの手を借りながら庭にあるものを吊るした。

「へぇ……これまた面白いベッドだね？」

「ハンモックといいます」

別称、吊り床とも呼ぶらしい。太くて頑丈そうな木を庭の風通しの良い場所に何本か生やして、太い紐とカーテン生地で作った寝床を船型になるように吊るしたのだ。ちなみに、時間がなかったため木を生やしたのも、紐の補強も、カーテン生地を複製したのもすべて奇跡である。

この場所は屋敷のほとんどの部屋の窓から見下ろせるし、きちんと二つ作ったので、セバスさんコレットさんの両名からお許しをいただけた。殿下の前で奇跡を多用するか、添い寝をするか――二つに一つを選んでいただいたら、御二方とも前者を選んだというのもある。ちなみに奇跡を多用しても元気。これも日頃のぐーたらの賜物だ。

私はすでにハンモックの中に横たわりながら、あえてゆらゆら身体を揺らしてみる。

「気持ちいいですよ～。布の両端に木の枝を入れてみて正解でした。試作の段階では、人が乗るとどうにも細く丸まってしまって、窮屈だったんですよね」

風が気持ちよくて。木の葉の隙間からキラキラ見える太陽の光がまぶしくて。自然とまぶたが下りてきてしまう。そんなぼんやりとした中で聞く殿下の声はゆっくりと心地よいものだった。

「話には聞いたことあるよ。元来、船乗りたちが少しでも船の中で快適に眠れるようにと開発したらしいよね。波に揺れても寝床が水平に保たれるようにって」

「みたいですねー。私も本で読みました。こうしてお天気のいい日に一度やってみたくて……」

話している途中で、思わずあくびが出てしまう。

困ったなぁ、おもてなししている最中なのに。殿下より先に眠るわけにはいかない……。

だけど、隣のハンモックから殿下が本を揺らす。

「寝ていていいよ。自分は本を読んでいるから。ここの書庫、城にはないような雑学書が多いから気になる本が多くてさ」

あぁ……殿下が持っている本は『八百年前から蘇った悪女の青春』。たしか雑学というより、過去にあった話を面白おかしく脚色した創作物だったと記憶しているけど。

「殿下も普段から本を嗜むのですか？」

「まぁ、そうだね。だけどここだけの話、読むよりも書く方が好きでさ」

「書く……殿下が？」

「ふふ、意外かな？　金と権力にモノを言わせて、別名で何冊か出版したこともあるよ」

なんてこったい!!　殿下がまさかの作家さんだったとは!?

だけど……意外かと聞かれたら、それまた微妙である。

そもそも小説家と呼ばれる方々がどんな人なのか、出会ったことがないから比べようがないのだ。

だから今、私の中で小説家＝アスラン殿下となったのである。

「いつか殿下の書かれた本も読んでみたいです」

「自分の気が向いたらね？」

どうやら話を聞いていくと、殿下の書く物語はなんと女性向けで、とてもロマンチックな代物らしい。女性からのファンレターで棚がいっぱいになっているとのこと。

「だから今度は男性向けの作品も書いてみたいんだけど……って、聞いてる？」

「はひ……きーてます、よ……」

聞いてます。私がおもてなしをしているのだから、先に寝るわけ……寝るわけ……。

「おやすみ、ノイシャさん」

「はひ……おはやすみます……」

大きなあくびが出たかと思えば、瞼がどんどん重くなっていく。

風で揺られると同時にキシキシと紐が軋む音が耳に気持ちよくて――……。


↓ハンモックはとても寝心地がやっほいでした！

プロデュース・ノイシャ　ぐーたら③　おやつの時間

「今日は殿下も参加するということで、アイスを進化させます」

「やっほ――い！」

ただでさえやっほいなアイスが、さらに進化してしまうという。

——こんなやっほいなことがあっていいのかな?

もう私はやっほいに溶けてしまうのかもしれない。そんな人生の終わり方も素敵だな。

「ねぇ、料理人さん。ノイシャさん恍惚としすぎて息してないようなんだけど!?」

あぁ、どこか遠くでアスラン殿下が慌てている声が聞こえるから、とりあえず「うす」と答えておこう。それでおそらくコミュニケーションの八割は解決する。『やっほい』して『ど阿呆』もらって『うす』と答えれば、この世は万事解決なのだ。

だけど、珍しくヤマグチさんが私の背中をトンと叩く。

「婚姻契約書の大原則は?」

「ノイシャ＝アードラが死ぬことを禁じる。ぐーたらをやっほい極めろ!　の二点です!」

「死因が『アイスが進化したから』となれば、それこそおれが鞭で打たれてしまいます。常に呼吸は忘れないでください」

「か、かしこまりました……」

ヤマグチさんと一緒に『ひっひっふー』。胸にたくさんの空気を取り込むと、少し頭が冴えてくる。働かざる者食うべからず。進化しないアイスはただのアイスだ。

「よし、作りましょう!」

「この二人が揃うとマイペースが凄いね……」

いつになくアスラン殿下はお疲れの様子だが、きっと奇跡を使わなくてもアイスを食べれば回復するだろう。しかも、今日作るのは進化系アイスなのだ。きっと回復どころか寿命も延びて、末永くアルノード王国の安寧を築いてくださるに違いない。だってアイスが進化するのだから。

そして、ヤマグチさんはいつも通り「うす」と頷いてから、料理を始めた。

「まず牛乳を温めます。温度を上げすぎるとすぐに噴いてしまうので、ふつふつと言い出したところで急いで砂糖とゼラチンを入れて混ぜます」

「なるほど？」

どうやら、進化の秘薬は『ゼラチン』という粉末であるらしい。

私は聞いてみる。

「ヤマグチさん、ゼラチンってなんですか？」

「ゼリーをぷるぷるに固形化させるものです。牛の骨からできています。正直けっこう高価なので、公爵家といえど普段はあまり多用できません」

そのわかりやすい説明に「あれ？」と首を傾げてくるのはアスラン殿下だ。

「でも、先日も君は似たようなデザートを作っていなかったっけ？」

「……殿下がお目見えになったとのことで、奮発させていただきました」

「ふーん。それはどうもありがとう」

そのあとに続く、沈黙三秒間。ヤマグチさん、やっぱりまだアスラン殿下に緊張している様子である。だけど、それもきっとアイスをみんなで食べるまでだろう。きっとアイスが二人の間の壁も溶かしてくれるはずである。だって今日のアイスは進化をするのだから！

ヤマグチさんもそれがわかっているのであろう。何事もなかったかのように「これに生クリームも入れます」と流し込んでは、泡だて器で軽くシャカシャカ混ぜる。

「あとは今までのアイスとあまり変わりません。冷やしながら、混ぜます」

「アイス製造庫の出番ですね！」

「またしても聞き馴染みがない単語だね？」

それはそうでしょう。だって私がアイスを作るためだけに制作した箱なのだから。

さすがに倉庫一室アイス専用にするのは忍びないということで、リュナン様が花瓶がひとつ入るような四角い缶の箱を用意してくださったのだ。それにちょちょいと式を描いて、この通り。素を中に入れて十分放置するだけでアイスができるという、まさに奇跡の箱なのだ。ちなみに、柄を好きに描いていいと言われたので、各面にレッドラ家の皆様の似顔絵を描いた。ゆるいけどよく特徴を捉えていると好評である。

「あ、記念にアスラン殿下のお顔を描いてもいいですか？」

「別に構わないけど……描く場所は天井の部分になるの？　それとも底の部分になるの？」

「あ……」

底に描くのは尋ねるまでもなく不敬だし、天井に描くのも……リュナン様がとても嫌がりそうな気がする。でもどうしよう。一度言い出した手前、『やっぱりやめます』とも言い難い。

だけど、アスラン殿下は箱を持って立ちすくむ私の外側から、箱を持ってくれた。高く持ち上げられてしまって、むしろ私には届かない。ぴょんぴょん跳ねても届かない。

「わっ、わっ！」

「あはは！　似顔絵は今度、きちんとキャンバスにでも描いておくれ。この箱の天井部分には自画像を描けばいいんじゃないかな？」

「自画像……私、ですか？」

「この箱に描かれた全員がやっほいすると思うよ」

私は跳ねるのをやめる。

殿下が『やっほい』を使ってくださった。私もやっほいな気分になる。

「ふひひ」

「どうして笑っているの？」

「やっほいだからです」

そのあと凍ったアイスの素を袋に入れて、その端からにゅるにゅるっと出してから食べた。普段のアイスよりもさらになめらかで濃厚なお味に、私も殿下もコレットさんもセバスさんもみんなやっほいで、ヤマグチさんもまんざらではなさそうな顔をしていた。

↓ちなみに、『進化版アイスクリーム』の正式名称は『ソフトクリーム』とのこと。

↓今度は『コーン』という食べられる容器も焼いてくれるらしい。やっほい！

それは、もうすぐ日が傾く時間。

俺は欠伸を噛み殺していた。昨晩はほとんど眠れなかったのだ。どうせ寝られないのならといつもより早く家を出てしまったのだが……やっぱり少しでも休んでおけば……せめて少しでもノイシャと仲直りしておけばよかったと後悔している。

そもそもあれを喧嘩だと思っているのは、俺だけかもしれないが。

今日は夜勤だ。なので一度家に戻って、夕食後にまた城に戻って来ようかと考えていた時だった。

「お疲れ様でーす。城下の駐屯所から書類のおつかいを頼まれましたー」

「お、お疲れ様です……」

最近聞かないようにしていた声に、思わず口ごもってしまう。

俺が書類から顔を上げると、赤髪に軟派な顔つきの男が書類ごと片手を上げた。

「や、リュナン。久しぶり」

「……久しいな、バルサ」

具体的には一か月ぶり。

たったそれだけの期間で懐かしさを覚えてしまう自分に苦笑して。

バルサ＝トレイル。トレイル侯爵家に婿入りした豪商の息子で、俺と同じ二十四歳。彼が結婚したラーナ＝トレイルを含めた三人はとても仲がいい幼馴染だった。だけど、それはもう過去の話。ひと月前に彼の妻であるラーナが、俺の妻であるノイシャを誘拐する前までのこと。

まぁ、それでもここは王城内という職場である。名前を呼ばれてしまったからには、俺が対応すべきだろう。執務室には部下たちもいるが、俺が席を立って書類を貰いに行く。

「それにしても、おまえが駐屯所に寄るとは珍しいな」

「一度家に戻るんだろう？　厩舎まで少し話そうよ」

——これは無理やりでも俺と話すつもりだな？

財務部で働くバルサが駐屯所に寄る用事など、すぐに思いつかない。案の定、渡された書類は特別急ぐわけでもない定期報告書だ。急に距離を取るようになった俺らに対して様々な噂が飛び交っている部下の目もある以上、あからさまに邪険にするわけにはいかないだろう。

「少し待て」

俺は報告書を団長の席に置き、部下に「夜には戻る」と声をかけてからマントを取る。

そして通路に出れば、バルサが嬉しそうにニコニコしていた。

「もっと嫌そうにされるかと思った」

「実際かなり嫌だと思っているぞ」

「それはごめんね。彼女が直接来るよりマシだろう？」

──つまりラーナからの用件ということか。

余計に気が重くなる。同じ国の貴族同士である以上、永遠に会わないなんてわけにもいかないけれど。それこそ二か月後に控えた結婚式にも呼ばないわけにはいかない相手だけれど。

もし主犯がバルサの方だったら、もっと殴り飛ばしたりと対応の仕様があったというものだが、相手はラーナ、女性だ。たとえ向こうに非があろうと、事件自体を公にしていない以上、男の俺が実力行使に出るわけにはいかない。

「……それで、用件はなんだ?」

「あれからラーナはすっかり人が変わったように大人しくなってさ。仕事でもやっぱり針の筵《むしろ》のようで、噂も両親の耳まで届いているから、もう当主は諦めろとか、婿を当主にするということなら次女にいい縁談が来ているとかで、家の中でも居場所が──」

「俺は用件だけを聞いている」

我ながら俺の低い声は、通路に響いてしまっていたらしい。通りすがりのメイドが肩身が狭そうに頭を下げている。それに「すまない」とだけ謝ってから、俺は嘆息した。

そして無言の重々しい空気の中、厩舎のそばへ。

ひと気のない僅かな隙をついて、バルサがまた口を開く。

「これをね、受け取ってもらいたいんだ」

そう言って鞄から取り出してきた小箱に、嫌な予感しかしない。

パカッと開かれた中には、まばゆいばかりの貴金属や宝石が溢れんばかりに詰め込まれていた。

「これは……」

「随分な規模の結婚式を挙げようとしているって話を聞いたからね。費用もバカにならないだろう？　足しにしてもらいたい」

宝石箱の中身はどれも見覚えのある物ばかりだった。日替わりのようにラーナが身に付けていた物ばかりだ。しかも青い耳飾りなんて、大好きだった亡き祖母の形見だと言っていなかったか？この耳飾り一つだけでもかなりの値打ちだ。普段の生活には何も困っていない我が家だが、ノイシャの身請け費用に追加しての大規模挙式。昨夜も資金面ではセバスから渋い報告を受けていた。これを売った金額を足しにしていいのなら、かなり助かる――が。

「こんの……ど阿呆っ」

なんとか罵声を絞りだして、俺は突き返す。

――こんなもの……受け取れるわけないだろうが。

なのに、バルサもなかなか引かない。

「もちろん買取はうちの実家でさせてもらうよ。相場の倍を払えるようにすでに父に交渉してある」

「……それで、そのまま彼女の手元に戻ると？」

「まさか。リュナンも僕のおやじのがめつさは知っているだろう？　ラーナの耳飾りは前から狙っていたみたいでね。今はもう採れない石だからと、他国でさらに高く買い取ってくれる相手に心当たりがあるらしい。もう少し時間を貰えたら、三倍まで引き上げられそうな感じだったよ?」

「俺が金欲しさに断っていると思っているのか……見損なわないでくれ」

俺はこの場を立ち去りたいのに、腕を掴んできたバルサがそれを許してくれない。

「語るまでもないと思っていたけど、これはラーナからノイシャさんへのお詫びだよ?」

「わかっているさ」

「わかってないね。ノイシャさんに贈っているのに、君の一存で断らないでくれよ」

――ズルいだろう。

俺は唇を噛み締める。

ノイシャはラーナに何をされたのか、本当の意味をわかっていないんだ。

それをお前もラーナもわかっているだろうに……彼女に贖罪を求めるのか?

「彼女は宝石の類が好きではない」

「それは君の勝手な解釈じゃないの?　今まで縁がなかったから知らないだけで、換金せずとも普通に綺麗だと喜ぶかもしれないじゃないか」

こいつの口の上手さを、これほどまでに呪ったことはない。

だけど、

「だが断る!　彼女が初めて身に付ける宝石は俺が贈るんだっ!!」

俺は無理やり否定の言葉を絞り出してから、気が付く。

――今、とても恥ずかしいことを言わなかったか？

「はは……あはははははっ！」

案の定、俺から手を離したバルサは腹を抱えて笑い出して。

目から落ちそうになっていた涙を拭いながら震えた声を出す。

「それなら仕方ないね……そうだよね。大好きな女の子が初めて身に付けるアクセサリーは、自分で見繕った物を贈りたいよね」

「くそ……そういうことだから、ラーナに余計な真似をするなと言っとけ」

「うん、そうする」

宝石箱を閉じたバルサは苦笑していた。

子供の時から変わらない、少し離れた場所から羨ましそうに俺らを見る顔だ。

「結婚式、楽しみにしているね」

「もうすぐ発送する予定だが、鳩が招待状を届けに来ないように祈っていてくれ」

「え、君たちどんな結婚式を挙げようとしているの？」

「俺にもわからん」

投げやりにそう答えて、俺は空を見上げる。

悪い意味で、すっかり目が冴えてしまった。

少し赤みを帯びた空に、放課後これから何をしようかと三人で会話していた頃が懐かしい。

そんな学生時代の思い出を俺は永遠に忘れることはできないけれど。

それでも焦がれるほど、俺はやっほいと不器用に笑う妻に会いたい。

プロデュース・ノイシャ　ぐーたら④　お風呂でやっほい！

空が暁に染まりきった時、リュナン様が帰ってきた。

そしてお庭で開口一番、リュナン様が声を張る。

「こんの……やっほい娘っ！」

「うわっ、ど阿呆じゃない!?」

帰ってきて早々の『ど阿呆』は、すでに『ただいま』のようなものだと思っている。

だけど『やっほい娘』と呼ばれたのは初めてだった。

「ふへへ～」

「怒鳴られておいて、どうしてそんなに嬉しそうなんだ？」

「だって『やっほい娘』って可愛いですよね？」

やっほい娘は聞くまでもなくやっほいな女の子という意味だろう。

——私は、やっほいな女の子〜っ!!

教会にいた頃は、そんな自分など想像するだけ無駄だと思っていて、なりたいと考えたことすらなかった。だけど今、そんな遠い憧れでしかなかったキラキラした自分になれているという。

——こんなやっほいなことがあるだろうか!?

私がやっほいやっほい喜んでいると、湯船に浸かったアスラン殿下が「なんだかわからないけど、よかったねぇ」と声をかけてくれる。それに私が再び「やっほい!」と答えていると、リュナン様の矛先が殿下へ向かった。

「殿下も! どうして外で風呂なんぞに入っているんですか!?」

「あ〜、これには長い経緯があってね——」

簡単にまとめれば、以下の通りになる。

おやつのソフトクリームを大量に食べた結果、殿下の身体が冷えてしまったとのこと。

身体を温める一番の方法はお風呂である。外でお昼寝をしていたこともあり、夕食前にすっきりするのもやっほいであろう。私が『おもてなし』の一環としてお背中を流そうとしたところ、またセバスさんやコレットさんから非難を受けてしまったのだ。

なので、あとはお昼寝の時と似たような流れである。

外で堂々とお風呂の世話をさせてもらおうと。

そして殿下と室内で二人っきりでお風呂に入ることと、奇跡で温泉を作ること、『奥様権限』でまた二つに一つを選んでいただいた結果――またお庭のいい感じの場所に奇跡で穴を掘らせてもらった。地下水脈から温泉をもってこようと思ったのだが、そこまでするとなると一晩かかってしまいそうなので時間的問題で諦めた。

なのでほどよく穴を石で固めて（奇跡で）、滋養強壮美肌効果のあるお湯を生成して（もちろん奇跡で）、殿下にお風呂に浸かっていただいている間に清浄効果と髪を補修する効果の高い洗髪剤（当然奇跡で作った）を使って、殿下の長い髪を湯船の外からわしゃわしゃしていたのである。今は綺麗に濯ぐべくジャバジャバしていたところだ。

ちなみに誰かの髪を洗う経験は初めてだったので、すぐそばでコレットさんの指南を受けながら。

「そして殿下も何一つ文句を言わずに半裸になったと？」

「ノイシャさんが即席で作ってくれた風呂用のズボンがなかなかの穿き心地でね。すごく軽いし透けないし、特許をとって量産したらどう？　王室御用達の看板でもあげようか？」

「結構です。彼女の趣味を商売にするつもりはありません」

「でも、今は少しでもお金が欲しい時期じゃないの？」

殿下の言葉に、リュナン様の反応が遅れた。

「金なんて常にあって困るものではありませんよね」

「何か援助や協力してほしいことがあったら、従兄に相談してもいいんだよ？」

「――というか、ノイシャは温泉を知っているのか？」

どうやら話の矛先がまた変わったらしい。

私はジャブジャブを続けながらもリュナン様に答える。

「あまり一般的ではないようですよね。レッドラ家の領地の一部にそんな場所があると、以前コレットさんから聞いたことがあります」

「話に聞いただけで、こんな似たような物を即席したのか?」

「あ~……どうなんでしょう……」

言われてみれば、どこで温泉のイメージを覚えたのかを思い出すことはできないけれど。

私が悩んでいると、アスラン殿下がジャバーンと立ち上がる。

「いやぁ、とてもいい湯だったよ。ノイシャさんありがとうね。代わるよ。今度は君の髪を自分に洗わせてはもらえないかい?」

水も滴るアスラン殿下は白い肌ながらもうっすら筋肉も見て取れる。水に濡れてキラキラ感が増した髪が身体を這うから、なおのこと芸術品のような美しさだった。

「はうわぁ~~」

綺麗だなぁと観察した途端、視界が真っ暗になる。どうやら目を塞がれてしまったらしい。

耳元でリュナン様の「ど阿呆!」が聞こえる。

「そんなに男の裸体が見たいなら、俺のを見ればいいだろう!?」

その後、今まで静かに私にジャブジャブを教えてくれていたコレットさんが無言でリュナン様を蹴り飛ばしたことには驚いた。だけどコレットさん曰く『ご主人だろうが旦那だろうが、気持ち悪い発言をする男はいつでもぶっ飛ばしていい権利が女にはあるんですよ～』とのことらしい。

私もいつか、リュナン様をぶっ飛ばす日が来るのだろうか？

↓今度は温泉にみんなで入りたいです！

↓リュナン様の裸体も楽しみにしていますね！

俺とノイシャとアスラン殿下、なんとも気まずい夕食を終えて。

俺は再び仕事に向かう前の隙間時間に、自室でノイシャからの『おもてなし報告書』とやらに一通り目を通していた。楽しそうな文面に、ドッと疲れを覚える始末だ。

「人がせっせと働いている間に、ずいぶん楽しそうだなーおい」

「私も全てに同行することは叶いませんでしたが、一日中ノイシャ様の可愛らしいやっほいが屋敷中に響いていていましたぞ」

「それを一日中聞いていられるおまえすら羨ましいな」

そんな俺の嫌みを、セバスは「ははっ」と軽やかに笑い飛ばしてくれる。

まったく、こちとらイライラすることしかないというのに。

対する妻は、よその男ととても楽しそうな一日を過ごしていたとは。

馬鹿馬鹿しいとすら感じてしまう。俺の気持ちや配慮は微塵も彼女に伝わっていないらしい。

俺は報告書を指先で弾きながらセバスに問う。

「これはあれか？　当てつけというやつだろうか」

「当てつけとは？」

「こう……俺を嫉妬させるために、わざと他の男と仲良くしてみせているとか？」

「貴方様を嫉妬させたとしても『ど阿呆』しか出ませんでしょう？」

間髪を容れず平然と答えてきたセバスに、俺は半眼しか返せなかった。

「おまえは俺を何だと思っている？」

「語彙力の無さと根性の無さに定評がある我らの主ですな」

「根性って……」

たしかに幼い頃からの初恋は十数年と溜め込んだ結果、玉砕した。その結果が拗れに拗れた結果今があるのだから良しと――ならないかもしれない状態が今だな。

「しかし、今はそんな根性無しじゃないんじゃないのか？」

「ノイシャ様に気持ちが通じないとやきもきする前に、私は問いたいですな。しっかりと貴方様のお気持ちは伝えたので？」

「先月迎えに行った時に俺の気持ちを伝えたのは、おまえらも見ていたと思うが」

「違います。アスラン殿下にノイシャ様を奪われてしまうんじゃないかと心配で心配で私らに隠しているつもりの指輪をチラチラ見ていないと落ち着かないくらいに不安なことを言っているのです」

「なっ!?」

俺が言葉を詰まらせても、さすがはセバス。コレットの育ての親。にこりと笑うも容赦がない。

一応……嫉妬している旨は昨日伝えたつもりだ。

アスラン殿下が俺からノイシャを奪おうとしている――と。

――それを俺はとても不快に思っていると……言ったよな？

――言わなかったか？　いや、俺がイライラしている様子から察してくれたよな？

こめかみにじっとりとした汗を感じた時だった。

扉は閉めてあるのに、外から男女の問答が聞こえてくる。

「あの……どういう……ですか？」

「だからね。今日一日一緒に過ごして、自分との結婚を前向きに考えてもらえたかなって！」

アスラン殿下の声だけはっきり聞こえてくるから、殿下はあえて声を張り上げているのだろう。

その会話が、俺らに聞こえるように。

「あんの……ど阿呆っ！」

居ても立っても居られず、俺は指輪をポケットに突っ込んでから部屋を飛び出した。

壁と身体の間にノイシャをすっぽりと入れたアスラン殿下が、いつもより甘い微笑で彼女の耳元に囁きかけているようだ。なんだあの色男。傾国させるのは女だけで十分だろ。くそっ。くそっ。

「ノイシャ!」

「はい、ノイシャですっ!」

俺の呼びかけに慌てて応じるノイシャを無理やり引っ張り出せば、彼女は銀色のアイスカップを持っていた。中身は一見バニラアイスのようだが……なんだこれ、とぐろを巻いているぞ?

「それはソフトクリームっていうんだって。今日ノイシャさんと一緒に作ったんだ」

「……知っています!」

あぁ、そうだな。ノイシャからの報告書に書いてあったな!

壁にもたれたまま余裕綽々の殿下に吐き捨てるように答えて。

俺はノイシャの手を摑んで無理やり連れ去る。動きが鈍い。歩幅が狭い。合わせる余裕もない俺は彼女を抱き上げて、そのまま足早に上の階の屋根裏部屋へと連れて行く。

——なんだこの軽い生き物は?

しかも柔らかくて、甘い匂いまでする。ジタバタされる少しの鬱陶しさもまた愛おしい。

——このままずっと担いでいられたらいいのにな。

それができたら、どんなに俺の葛藤が減ることになるだろうか。

「リュ、リュナン様!?」

「もうすぐだから。俺の首にしがみついてろ」

そして窓を開けて、そのまま屋根へと上がった。

「足を滑らすなよ」

そーっとノイシャを下ろす。すぐにバランスを取って一人で立つから、運動神経は悪くないらしい。しかも、その手にはアイスカップとスプーンを持ったままだった。

「そのアイスはどうしたんだ?」

「おやつに作った進化したアイスを、ぜひリュナン様にもご賞味いただこうと思いまして!」

途端、彼女の顔が晴れやかになる。

あの報告書にあった『ソフトクリーム』というものが、この溶けかけたとぐろらしい。溶けた原因の半分は俺なのだろうが。無論、残りの半分が誰かは論じるまでもない。

「いただくよ」

そう、彼女からアイスカップを受け取ろうとした時だった。

なぜかノイシャが渡してくれない。

「ノイシャ?」

「はい、ノイシャです」

「俺にくれるんじゃなかったのか?」

疑問を投げかければ、彼女はソフトクリームとやらにスプーンを入れて。一口分をすくっては、俺の口元に伸ばしてきて——背伸びをしようとしたのだろう。足を滑らせた。

「あっ」

「ど阿呆」

とっさに俺は彼女の腰を支える。同時に彼女もカップを落としてしまったようで、カラカラと屋根から転がり落ちてしまった。

「あぁ！　せっかくアイスが進化したのにっ!!」

こんなことでいつになく悲痛に叫ぶノイシャを、俺は呆然と見下ろす。

……細いな。少しでも力を入れたら、折れてしまいそうなほど細い。

この三か月、毎日三食＋おやつとデザートをたらふく食べさせても、この細さ。

——誰にも取られたくないなぁ。

最初はただの庇護欲だと思っていた感情が、まさかこんな独占欲になるだなんて。

「……ノイシャ」

「はい、ノイシャです……が」

俺が固唾を呑んだことが伝わったのだろう。彼女の返事もどこか固い。

——求婚、するぞ……!!

脳内であらゆるパターンのシミュレーションだけなら数えきれないほどした。

だけどその数えきれない候補の中から、どの台詞を使えばいいのか決めきれていない。

——ここで逃げたら、それこそセバスに斬られるな。

覚悟を決めて、俺がポケットから指輪を取り出そうとした時だった。

「へぇ、屋根裏部屋なんてものもあったんだねぇ！」

「くそっ！」

部屋の方から聞こえたアスラン殿下の声音に、俺は思いっきり舌打ちして。

自棄のまま、俺はノイシャの手を取り、その薬指に指輪を嵌める。

やっぱり少し大きかったか。

「サイズは自分で調節できるな？」

「あ、はい……できると思います……」

「なら自分で合わせてくれ」

言うだけ言って、ろくにノイシャの顔も見ずに俺は窓へと戻った。

部屋の中に滑り込めば、案の定アスラン殿下は入り口のあたりで腕を組んでいる。

「もしかして自分、邪魔しちゃった？」

「……仕事に行ってまいります！」

俺は足早に部屋から出る。そして階段を下りてから、手近の壁を殴った。

——俺のど阿呆っ！

今宵も、俺はまともに眠れそうにない。

第三章　やっほいとしょんぼりの指輪

「ゆゆっゆさん！　ゆゆゆ、ゆゅゆゆ様から、ゆゆゆゆゆゆっゆゆゆゆゆゆ！」

「はいはい、昨晩からもう七十三回目ですが、旦那様からの指輪よかったですね～」

私はず～っと興奮していた。

夜もず～っと毛布の中で指輪を眺めていたら、私の口から漏れ出る『ゆゆゆ』がうるさかったのか、コレットさんに『寝なさい！』と怒られてしまった。それでも眠れなかったので、コレットさんの子守歌効果……ということにして、自分に安眠の奇跡をかけたのは内緒である。

そして朝の準備時間もずっと「ゆゆゆ」が止まらなくて、朝食時も興奮はまるで冷めていなかったのだけど……食堂でアスラン殿下の顔を見たら、少しだけシャンとした。

「ゆはよゆございまゆ。アスランゆびわ！」

「あはは。おはよう、ノイシャさん。昨日は婚約指輪を貰っていたの？」

なんてこったい！

まだ殿下には話していないのに、なぜバレているのだろう？

――しかも婚約指輪？

婚約指輪とは、言葉の通り婚約を結ぶ際に契約の証として渡されるものである。

私とリュナン様は婚約どころか、すでに書面上ならば婚姻も結んでいる。だから私たちには無縁の代物のはずなのに。

――すっごくやっほいだ……。

指元でキラキラと輝く宝石を見てやっほいしては、同時に身体が固くなってしまう。

ぶつけたらどうしよう。壊してしまったらどうしよう。

保護の奇跡をかけようかとも思ったのだけど、せっかくいただいた物に私が手を加えてしまうのも忍びない。サイズだけはリュナン様の許可があったから調整をさせてもらった。

だけど、それだけ。

それ以外に手を加えたくない。

――だって、これはリュナン様から初めて貰ったもの。

――初めての、私だけのアクセサリー。

すると席から立ち上がった殿下が私の手を取ってくる。どうやら指輪を見ているらしい。

「控えめながらもいい造りだね。ダイヤモンドの質も高そうだ。あいつ、そうとう奮発したな」

「ゆびわは指輪のことわかるのでゆか？」

「一応、自分も女性に贈ったことのある身だからね。それに立場上、嫌でも貴金属には詳しくなるよ」

たしかに王太子殿下なら、今まで諸外国や国内貴族から多くの贈り物を貰ってきたことだろう。多少の良し悪しに関する知識がないと、贈り物の価値がわからない。価値がわからなければ、きっと相手の意思もわからない。似たようなことは教会で体験済みだ。お布施を物品で貰うことも多かったので、その鑑定や判別を私が行っていたのだ。それを司教様に伝えて、なぜか粗悪な品があったら私が鞭打ちされる――なんてことも少なくなかった。

リュナン様がくれた指輪は、私の目から見てもとても高級な代物だ。

でも、私が興奮しているのは高価なものをくれたからではない。

ただ、あの時のリュナン様の顔を思い出すと……その……。

「あれ、顔が赤くなるようなことを話しているつもりはないんだけどな？」

「すゆませゆ。お気になさらないでゆびわ」

だって、すぐ思い出してしまうんだもの。

昨夜、屋根の上から見るいつもより近い夜空には星がたくさん瞬いていて。

それを背景に、リュナン様が恥ずかしそうな顔をしていたの。

夜風に揺れる髪先。いつもよりパタパタ動く長いまつげ。

指輪を嵌めてくれた時の手も、いつもより熱かったと思う。

私はリュナン様の笑った顔が好きなんだと思っていた。普段の険しいお顔に笑いじわができて。

それがすごく愛らしいと思っていたのだ。

だけど、昨日の余裕のない表情すらも愛らしいと思ってしまうのは……なんて表現したらいいのだろう？　やっほいでもない。しょんぼりでもない。むふふとも違うし、なんてこったいとも違う。

「アスラン殿下、どうしましょう」

「とりあえず言葉は元に戻ったようだね」

「私、リュナン様にお礼を伝えるのを忘れてしまいました」

「あいつはそんなこと気にしていないと思うよ？」

「施しを受けたなら、三倍で返さないと天罰が下ってしまいます」

「君に教えを施した人間には三倍天罰を食らってもらいたいと願っているけど、とりあえずノイシャさんも自分の話をまるで聞いてくれていないよね？」

「はい、ノイシャです」

「うん、知ってる」

お礼の言葉と一緒に、返礼の品を贈るのがセオリーだろう。

お返し……何がいいだろうか？

騎士という職業柄、やっぱり危険なことも多いだろうからリバースドールだろうか。

それとも伝説上の聖剣エクスカリバーの再現品でも制作してみようか。

あるいはオリハルコンの甲冑？　コカトリスの首下の毛だけで作ったマント？　いっそのこと館

ごと空を飛べるようにした天空城を贈ってもいいかもしれない。リュナン様は遠乗りが好きだとおっしゃっていたし。館ごとみんなでおでかけできたら、とても楽しそうだ。

――そうと決まれば、話は早い！

「コレットさん！　セバスさんはどこにいらっしゃいますか!?」

「父さんなら、今は書斎ですが……」

そう言いながら、コレットさんが私の口の周りを拭ってくれる。そうだ、今は私は朝食を食べていたんだ。小さめホットケーキのようなメイプル味のパンに厚めの目玉焼きと厚切りベーコンとチーズを挟んだ、少し変わったサンドイッチ。ヤマグチさん曰く『ヤマグチグリドル』とのことだが、いつも具沢山だからにゅるっと後ろから落ちないように頑張って食べていると、思わず口周りが疎かになってしまう。もっと口を大きく開けるようにコレットさんから指導を受けているも、教会にいた頃は『極力口を開けるな』と逆のことを言われていたから……どうにも苦手なのである。上手に食べられるようになったら『ヤマグチバーガー』を作ってくれるらしい。

もちろん、ヤマグチグリドルの味はやっほいのやっほいであるっ！

俵形の粗粒ポテトフライもすっごくやっほい！

デザートの飲むアイスクリームも絶品やっほい！

私はストローでズズズーと（音を立てて飲むのがマナーらしい）飲むアイスクリームを啜り終えてから、席を立った。リュナン様が不在の今、相談すべきなのはセバスさんだろう。

私を「いってらっしゃーい」と見送ってくれる殿下を背に通路へ出れば、追ってきてくれたコレットさんが私の腕を優しく摑んできた。

「ちなみにノイシャ様、父さんにどんな用件が？」

「はい、天空城を作る許可をいただこうかと思いまして！」

「……ちなみにサイズはどのくらいを想定しているので？」

「こちらのお屋敷をそのまま利用させていただければと思っていたのですが……一から制作した方が宜しいでしょうか？」

私はまだ暮らして日が浅いけど、このレッドラ家の別邸にはたくさんやっほいな思い出が詰まっている。だから新しい建物に引っ越すのではなく、思い出はこのままに空へ飛べたらやっほいだと思ったんだけど……コレットさんは目をくわっと見開いた。

「却下ああああああ！　ぜったいに却下ああああああ!!」

「もしやコレットさんは高所恐怖症ですか!?」

「高い所は大好きですが、そういう問題じゃございません！　まあああああたノイシャ様は何を作るおつもりなんですかっ!?」

「だから……てんくうじょう……」

「天空？　空飛ぶの？　この屋敷が空飛んじゃうの!?　何それちょっと面白そうとは思っちゃいますけど、絶対にそれ許可したらダメなやつうううううう!?」

コレットさんの絶叫が屋敷中に響き渡る。

うーん、なんかダメっぽい。これは説得とかどうこうというレベルではなく、ダメっぽい。

それならばどうしようか。やっぱり初期案に戻ってリバースドールだろうか。

でもリュナン様が人形を持ち歩いてくれるかな？　小さくすれば邪魔にならないかな。でも入れたい効果を考えると、どうしても式を刻む面積が必要だから……。

私が次案についてうんうん悩んでいると、コレットさんが唇を尖らせてくる。

「それは、リュナン様への指輪のお返しってやつでしょうか？」

「こんなやっほいな指輪を貰ってしまったので、私もやっほいなお返しがしたいと思いまして！」

「あ～～～そんなノイシャ様はほんと～～～に愛おしいのですが、今それを父さんに相談するのは勘弁してください。父さん、珍しく本気で仕事をこなしているので、ちょっと怖いです。そんなあほう……失敬、ど阿呆案件を相談したら、わたしの首がチョンパされます。これマジで」

とりあえずリュナン様に『ど阿呆』と言われる案件だったことはわかったけれど、わざわざ言い直す必要はあったのだろうかと、そんな些末なことを考えてると。

コレットさんがじーっと私を見ていた。なんだろう？

まだ口の周りにパンくずが付いていたのかとクシクシ手で拭っていると、コレットさんが片目を閉じて口元で人差し指を立てた。

「……覗き見しちゃいます？」

「ところでノイシャ様。気配を消せる結界とか張れたりしないですか？」

「できますよ？」

「それでは、父さんの書斎へ行く前に、ちょっと工作もしていきますか〜」

そうして二人で作業すること三十分。

気配を消すのは私だけでいいらしい。

私を背中に隠したコレットさんが、堂々と書斎の扉をノックする。

「返事がありませんね〜。なら入っていいですよね〜。だって返事がないんだもの〜」

そして、揚々扉を開けると。

「おおっと〜!?」

ななな、なんてこったい！

コレットさんの真横の壁に万年筆が刺さっている。

だけど、それよりもなんてこったいなことが――

部屋の空気が異様に冷たく思えた。ピリピリした空気に生唾を呑み込むことすら憚《はばか》られてしまう。

私はコレットさんの背に隠れているというのに、自然と呼吸が浅くなり、背中に冷たい汗を掻いてしまう。それは怒った司教様を前にした時の比ではない――恐怖。

それでも、私は勇気を出して部屋の中を覗きこめば。

たくさんの書類が積まれた執務机で、セバスさんはずっとそろばんを弾いていた。

パチパチと弾く音がするたびに、空飛ぶ鳥が落ちて行ってしまいそうな。そんな妄想すらしてしまう。セバスさんはこちらに一瞥もくれない。ただパチパチとそろばんを弾きながら、いつもより何倍も低い声音を発していた。

「業者が来るまで部屋に寄るなと言っていただろう。何の用だ？　くだらない用だったら……どうなるかわかっているだろうな？」

「父さ〜ん、鮮血の死神騎士《ブラッド・ネクロマンサー》発動させるのはいいけれど〜、いいのかなぁ？　こっちを見なくていいのかなぁ？」

「なんだ……くだらない用ならただ、じゃ……」

チラリと、セバスさんの視線だけが上がる。その険しい瞳とぴたっと目が合って。

私はコレットさんに促されて、後ろ手に持っていた手持ち看板を掲げた。

そこにはこう書いたのだ。

『**びっくり大成功！**』

私の笑みは、いつも以上に歪だったたと思う。

「むひひ。お疲れ様です、セバスさん……」

「ノノノノノ、ノイシャ様〜〜〜〜っ!?」

セバスさんの声がひっくり返った。

び
大成

こんなに驚くセバスさんを見るのは初めてだ！　私もびっくり！

この中でただ一人、コレットさんだけがニマニマとしている。

「いやぁ、良かったねぇ。万年筆がノイシャ様に当たらないで♡」

「き、きさま!?　万が一私がノイシャ様に投げていたらどうなると――」

「ぜんぜん気配を探れてなかったくせに～」

「ま………まさか、私もとうとう年齢に負けて……」

それは単純に、私が特殊な結界を張っていたからなだけなのだけど。

愕然としているセバスさんをよそに「シシシッ」と笑っているコレットさんが口元で人差し指を立てているから、きっと言ってはいけないことなのだろう。

看板を作っている時、コレットさんが言っていた。

『旦那様じゃないけどさ、父さんももっと人に頼るとかしてくれたらいいんだよ』

それはつまり、コレットさんなりにセバスさんにぐーたらしてもらいたいと願っているってことだよね？　だってここのところずっと、私が庭の水やりをしているもの。

そんな想いがこもった『びっくり大成功！』の手持ち看板を置いて、セバスさんのそばへと近づいた。ずっとセバスさんの手元が気になっていたのだ。

「あ、やっぱりここの計算が間違っていますね」

「そ……それも奇跡でございますか？」

「いえ、そろばんを弾く手の流れが不自然だなぁ、と思っていまして。計算を直しても宜しいでしょうか？」

「あ、はい……お手間でありませんのなら」

「何も問題ありません。今日はまだ働いていませんでしたから」

――さぁ、仕事を始めよう。

セバスさんが万年筆とそろばんを渡してくれようとするも、私は万年筆だけ受け取る。そして会計書類の間違っていた箇所以降を暗算で直して……ついでに全部やっちゃうかな。ざっと十枚びっしりの予算案。残るは七枚ほど。計算なんて久々だから、少し手こずってしまうけど――

「はい、終わりました」

およそ三分後。すべての項目を埋めた会計書類をセバスさんに手渡すと、セバスさんといつの間にか隣に並んでいたコレットさんが同時に固唾を呑んでいた。

「ノイシャ様は……」

「暗算もお得意なんですね？」

二人からの疑問に、私はこくりと頷く。

「教会でも城へ提出する予算案や収支決算書の作成などはすべて私の仕事でしたので」

『そうですか～～♡』

おっ、声が揃った。

やっぱりお二人はピリピリしているよりも、仲良くしてくださっている方がやっほいである。

一件落着ということで、私は次に気になることを聞いてみた。

「結婚式のお金……足りていないんですか？」

この書類はぜんぶ結婚式にまつわる準備費用の試算書だった。ご祝儀で回収できる予測分を加味しても……そうとう出費の多い結婚式になる予定らしい。

「これをすべて計算したらわかってしまいますよね」

セバスさんが苦笑する。

そして視線を落として「そうなのです」と語る様は、まるで何かを観念したようだった。

「予算の組み換えや借入など、あらゆる手段は考えているのですが、やはり準備期間の短さによる割増料金分と今まで使っていた商会が使えなくなった影響が少なくないとは言えません。それこそ、今日にでも招待状を発送しなければならないのですが、他国へ相応の使者を頼むとなると、その謝礼金が――」

「それなら自分が手配してあげるよ」

セバスさんの話の途中で。

ズバッと解決案を提示してきたのはアスラン殿下だった。その声に振り返れば、開かれた扉枠に背を預けていつもの柔和な笑みを浮かべている。

「まだ自分個人から何も祝いを出していなかったからね。従兄からの結婚祝いだと思ってくれればいい。あるいは、ここ数日の宿代でもいいかな。それだけのおもてなしを受けているつもりだ」

「お気遣いは大変ありがたく存じますが、旦那様の御意向をお伺いしなければ――」

「ここに女主人がいるじゃない？　この案件なら名代として相応しいと思うけど？」

皆さんの視線が私へ集まる。

リュナン様の名代。女主人――つまり、奥さんである私のこと。

――正直、招待状の発送は鳩を使役すればどうとでもなるのだけど……。

しかし、それは一昨日の会議でリュナン様から『ど阿呆』を食らってしまっている。

その点を鑑みれば、アスラン殿下の申し出はすごく魅力的だ。実際に結婚式予定日まであと二か月。使者の方にそのまま返事を持ってきてもらったとしても、一か月で間に合うかどうか。

出席率にはある程度の目途が立っているとのことだが、早いに越したことはない案件だ。

「殿下のご用意くださる使者たちの交通手段は？」

「もちろん自分の勅令で全て最速のものを手配しよう。一番遠い国も……港から往復一か月で帰って来させるよ。渡航費や謝礼も自分がもつから安心して」

「それならば、なるべく所在地が港に近い方をご用意いただけますか？　港へは私が鳩で招待状を届けます。国内ならば、奇跡の使用を『まだしも』と御許可いただいてますので」

「へぇ、それはすごい。それなら言われた通りにしてみようか」

そこまで淡々と決めていくと、セバスさんが立ち上がる。

「なりません、奥様」

そのよそ行きな呼ばれ方に、私の肩がビャンッと跳ねる。

そんな私の肩を、アスラン殿下はそっと両手で下ろしてくれた。

だけど耳元から聞こえる殿下の声はいつもより冷たい。

「君たちはいい加減に立場を弁えたらどうかな。主が不在の今、この場の最高責任者は彼女だ。爵位も持たない使用人風情が口を挟むことではない」

「しかし、奥様は――」

「幼稚？　世間知らず？　幼稚といっても彼女は十八歳でれっきとした成人を迎えている。貴族としての立ち振る舞いには疎いところがあるけど、だてにひとりで教会の運営をしてきていないだろう。今だって、自らの保身よりも公爵家としての尊厳を守るために、己の使える最大限の力を使おうとしているにすぎない」

――全部、バレている。

リュナン様たちが必死に隠そうとしてきた私のこと、アスラン殿下は本当に全部承知らしい。

そして、そんな教会に居た頃の私を、殿下はまるっと肯定してくれる。

「自分はあくまで数日しか彼女を見ていないけどね。リュナンも含めて、君たちは彼女を子ども扱いしすぎだ。そもそも彼女をここまで追い詰めたのは誰だい？　こんな突貫的な式を挙げる羽目になったのは誰のせい？　無理な婚姻を結んで囲い込もうとしているのは誰だ？　君たちは彼女を守っているようで、実は守られていることに気が付いていないのかい？」

——セバスさんやコレットさんが傷付いている。

表情から如実にわかる状況に、私はしょんぼりする。

——それなのに……私はなんて悪い子なのだろう。

私は今、初めて泣きたいんだと自覚していた。

鼻の奥が熱い。このまま大きな声を出したかった。なんて叫びたいのかはわからないけれど。

そんな私に気が付いてか、アスラン殿下は頭を撫でてくれた。見上げると、殿下が一瞬だけ柔和に微笑んでくださる。だけど次いでセバスさんたちに向ける笑みには明らかに嫌悪が滲んでいた。

「それはひどく滑稽だね」

扉がノックされる。外から聞こえる声はヤマグチさんのものだった。

「お話の途中に失礼いたします。業者が到着したのですが……」

時計を見やれば、たしかにもうすぐお昼になろうとしている。

衣装の業者が来るって言っていたな。結婚式の衣装……花嫁衣裳と花婿衣装というものだろうか。

今リュナン様は不在だから、おそらく私のものを作るのだろう。

——こんな状況で？

セバスさんもコレットさんもしょんぼりしているのに。

アスラン殿下は扉の方に向かって、そっと私の背中を押した。

「それじゃあノイシャさん、とびっきりの花嫁衣裳を作っておいで」

「えっ、あの……宜しいのでしょうか？」

「もちろんいいのだろう？　君の一番の仕事は、当日世界で一番美しい花嫁となってリュナンをときめかせることなんだからね？」

「ときめかせる……？」

それはまた、今まで無縁だった言葉である。

ときめかせる……ドキドキさせるということ？

昨夜のリュナン様は……私にドキドキしてくれていたのだろうか？

——あの時の私は……。

ふと思い返していると、アスラン殿下が「でも行く前に」と声をかけてくる。

「招待状の発送の件はこのまま自分に任せてもらっていいのかな？　その鳩に港まで招待状を届けさせるのは、どのくらいの時間でできそうなんだい？」

「ここから港ですと、一時間ほどで到着できると思います」

「わかった。それでは各地の使者の召集を進めておこう。明日の朝には港に待機させるから、そのつもりでいてもらっていいかな？」

「畏まりました！」

「それじゃあ、行っておいで」

その変わらない笑みに見送られて、私は花嫁衣裳選びに向かう。

たくさん並べられたつやキラな布地やレースたち。一緒に来てくれたコレットさんが無理やり明るい声で話しかけてくれるけれど……その必死な笑みが、やっぱり私はしょんぼりだった。


俺が帰宅した時には、すでにノイシャが寝室に入った後だった。

——指輪の反応はどうだったのだろうか？

一日中それが気になって、仕事の効率が落ちた結果、夜勤明けの残業である。

本当なら夕方前には帰宅できるはずだったのに。俺は今日ノイシャの顔が見られなくなったのだ。

——まさに自業自得のど阿呆だな。

なので、今日のところは仕方ないと諦めることにしたとしても。

「——という、わけでして」

「嬉しくない祝いだなーおい」

それはそれとして、俺はセバスとコレットからの報告に今日も頭を抱えている。

嬉しくないと言いながらも、本当は喉から手が出るほどありがたい申し出だった。

実際、急務ゆえのスケジュールと費用面には困窮していたのだ。王太子の勅令で動くことができて、その費用の心配もいらなければ、ほとんどの問題が解決したと言っていい。

迅速さは必要だけど、あとの準備はどうとでもなる。

ようやくセバスにも一息つかせることができるだろう。

「ここまでご苦労だったな、セバス」

「寿命が十年縮んでもいいから、借りたくない手でありましたがね」

「それは俺が困る。どうか長生きして、いつまでも俺を支えてくれ」

「いい加減に親離れをしてほしいものですなぁ」

軽口を叩きつつも、セバスの顔はどことなく嬉しそうで。やっぱり疲れが滲みでていて。

「あとの確認はコレットから聞く。おまえは先に休め。そんな顔では、ノイシャから疲労回復の奇跡をかけられてしまうぞ」

「先日そんなご提案をされたので、もっと効くものがあると肩叩きをしていただきました。いやぁ、あれはやっほいでございましたなぁ……」

なんだその役得すぎるワンシーンは。そんな報告は受けていないぞ？

俺は執務机に頬杖をついて、セバスを睨み上げた。

「自慢か？」

「もちろんでございます」

「ど阿呆、さっさと寝ろ！」

怒鳴り捨てれば、セバスも「はっはっはっ」と笑いながら退出していく。

その背中がいつもより小さく見えるのは気のせいだろうか。

足音が遠ざかってから、俺は残るコレットに聞いた。

「本当に今日あったのはそれだけか？」

「それだけとは？」

「ノイシャに資金難がバレたこと、アスラン殿下からの使者の援助の申し出、ノイシャの花嫁衣裳が決まったこと――それだけか？」

俺の問いかけに、コレットはしれっと口角を上げる。

「それだけですよ」

――絶対に嘘だな。

こいつは普段、俺にムカつく顔しか向けてこない。

それでいいのだ。ヘラヘラできるほど今日も平和だったということなのだから。

それなのに、今日のこいつはまるでどこぞの令嬢のように美しく微笑む。

――二十年間、ほとんど毎日一緒にいるのにバレないと思っているのかね。

「……そうしていると、おまえもけっこう美人だよな」

「ふふっ、お褒めいただき光栄ですわ」

「褒めてねーよ」

俺が半眼を向けても、コレットは笑みを崩すつもりはないらしい。

だから、俺はシッシッと追い払う。

「それじゃあ、おまえもとっとと寝ろ。明日は引き出物を選ばなきゃいけないんだろう？」

「三軒の業者からノイシャ様と選ぶつもりでございます。旦那様は本当にどれでもいいので？」

「一応俺も休みだから同席はするが……予算内に納まるなら俺は口出しするつもりはない。ああいう物の評判は、女社会で広まるものなんだろう？」

「さようでございますね」

そして畏まったまま、コレットは部屋を出ていこうとする。

その華奢な背中に、俺は待ったをかけた。

「おい、コレット」

「なんでございましょう」

「その喋り方はやめろ。……なんか寂しい」

ぼそりと本音を付け足せば、コレットが「ぷはっ」と吹き出した。

「その素直さを、ノイシャ様の前でも出してあげたらいいのに〜」

「恰好がつかないだろうが」

「わたしが旦那様をカッコいいと思ったことなんて、生まれてこのかた一度もありませんよ？」

「それはそれで酷くないか？」

俺がいつもの調子で返せば、彼女がわざとらしく両手を打つ。

「あっ、大事な報告を一つ忘れておりました」

「なんだ？」

——ようやく話す気になったか？

さて、どんな面倒な話が出てくるだろうか。俺に隠すということは、良くない話に決まっている。しかし俺や家名に大きく影響することなら、どんなに自分らに都合が悪くとも報告してくるやつらだ。こいつらはそんな無能ではない。

——家に大きく影響せずとも、俺に話しにくい内容……。

固唾を呑むと、コレットが指を立てる。

「ノイシャ様、ゅゅゆゆ様からゆゆゅゆゆゆゆがやっほいしすぎてゆゆゆゆゆだったそうです」

「は？」

何かの暗号だろうか。戦場での暗号パターン百種はセバスに叩き込まれている。だから思いつく限りの戦場での暗号パターンを挙げてみるも……すべて『ゆ』で表現する暗号なんてなかったはずだぞ？　このような教育は、俺とコレットでそう大差ないレベルで受けているはずである。

なのに、コレットはニコニコとした顔でお辞儀《カーテシー》をしてきた。

「それでは失礼します♪」

優雅な動作とは裏腹に、その言い方はとても弾んでいて。

「器用なやつめ」

一人になって、考える。

とりあえずノイシャにまつわる事案であることは間違いない。

『ゆ』という言葉が最大のヒントなのだろう。そしてやっほい。つまりは悪い報告ではなさそうだ。

「指輪がやっほいだった、か……？」

俺は机の引き出しから、とある紙束を取り出す。

それは俺が必死に考えた『婚約指輪を渡すシチュエーションパターン集』だ。

昨日は書きだした八十九案のうち、一つしか使えなかった。

夜空の下、ただそれだけ。

幸いにも星の綺麗な夜だったが……足元が不安定な屋根の上だし、なんて言ったかもまともに覚えていないし。そもそも屋根になんて連れていく必要が本当にあったのか？　それこそ庭の薔薇園のあたりの方がベンチも置いてあったし、求婚に相応しかったのではなかろうか。

「はあ……こんな男がよくも結婚できたものだ」

それも金にモノを言わせた最悪の方法で、だが。

それでも、もし俺の妄想だとしても。

昨日あげた指輪で、ノイシャが少しでもやっほいしてくれたなら。

「今日、一日でいいから会いたかったなぁ」

あの指輪をきちんと嵌めてくれているだろうか？

そして昨夜彼女を持ち上げた時、なんて担ぎやすかったことか。正直日中夜ずっと持ち歩いていたいくらいだった。そうすれば、こんな一人で悶々とすることもないのだろうに。

「無断で一人で寝室を覗くのは……契約違反だよなぁ……」

あれはコレットなどのお目付け役がいるからできること。

一人でとなれば……それこそ俺が自制できる自信もない。

――しかし、明日は久々の休暇だ！

まる一日休みを取れたのは久しぶりだ。ノイシャと一緒に引き出物を決めて、俺の衣装も発注しなければ。だから明日こそ、彼女が指輪を着けてくれているか確認できるはず。久しぶりに彼女とゆっくりできる時間も少しくらいは取れるだろう。それに彼女もやっほいしてくれるだろうか？

やっぱり今日も、俺はまともに眠れなそうだ。


「今日は旦那様も一日お休みを取れたらしいですよ～」

「なんてこったい」

今日もコレットさんに朝から身支度をしてもらう。こんな贅沢にも少しだけ慣れてきてしまった。

私は自分の失言に慌てて口を塞ぐも、鏡越しのコレットさんを誤魔化せるはずもない。

コレットさんは目を丸くしていた。

「あら？　旦那様に会いたくないのですか？」

「そういう……わけではないのですが……」

そういうわけではない。本当にリュナン様に会いたくないわけではない。

私は薬指の指輪を撫でる。一昨日はきちんとお礼を言えなくて、昨日もお会いできなかったから。

むしろきちんとお礼を言いたいくらいなのに……合わせる顔がないのだ。

「結局、リュナン様へのお返しが何も思いついていなくて」

こんなやっほいな贈り物は初めてもらった。むしろ贈り物というものすら初めていただいた気がする。しかも装飾品とか……教会に居た頃に貴婦人たちがキラキラした物を身に付けていて、遠くから眺めていたことは何度もあった。だけど……こんな綺麗なモノを自分が身に付ける日が来ようとは、夢にも思っていなかったことだ。

だから、きちんとお返しをしなければ。

このキラキラに相応しい、最高のキラキラやっほいを旦那様にお返ししたいのに！

あれから、私は別案を出すことができずにいるのだ。

「……やっぱり天空城じゃダメですかね？」

「聞いてみます？　ぜ〜ったいに『ど阿呆』案件だと思いますよ？」

世の中、もしかしたらもしかするかもしれない。

だって、教会に居た頃はこんなぐーたら生活を送れるなんて思ってもいなかったのだから。

人間の予想なんて、良くも悪くも外れるものだ。

だからこそ、ひとつひとつの『やっほい』な出来事が、私はとても大切なの。

なので、私は食堂で勇気を出して聞いてみる。

「リュナン様は天空城がお好きですかっ!?」

「脈絡がわからなすぎて『ど阿呆』と言っていいかもわからん」

「それならばご説明させていただきますっ！」

私は再び空中に板書を作り、天空城の構想案を提示した。我ながら完璧な設計案である。予算もほぼゼロ。私が毎日コツコツ式を描いていくだけ。もちろん一日の労働時間が三分を超えないようにおよそ百日後に完成するスケジュールだ。それこそ、結婚式を終えた後には新婚旅行という行事があるという話も耳にしたことがある。空飛ぶ屋敷で旅ができたら、道中の交通費や宿泊代も不要になるし、経済面にも優しい。何より絵面がやっほいだ。

その利点しかない天空城を力説している間、食堂で同席していたアスラン殿下はずっとケラケラと笑っていた。対してリュナン様は真顔そのもの。むしろ普段よりも険しいまである。

そして私が「以上です！」と話を締めくくると、リュナン様は大きく嘆息をした。

「これで遠慮なく言えるな」

「何をでしょう？」

「こんの……ど阿呆がっ!!」

深呼吸してからの『ど阿呆』に、給仕してくれているセバスさんとコレットさんが「やっぱり」という顔をしていた。アスラン殿下も「まぁ、そうなるよね」と相変わらず小刻みに肩が震えている。ずっと笑いどおしで声が嗄れてきたらしい。

対して、私はしょんぼりである。

「それなら……リュナン様は何が欲しいですか？」

「俺の欲しいものだあ？」

「この……指輪のお礼をしたいのですが……」

私はリュナン様に嵌めてもらった薬指の指輪を撫でる。

ずっと私の手をキラキラ飾ってくれている指輪。小ぶりだけと、ダイヤモンドを囲むデザインがすごく繊細でやっほいな指輪。私はいただいてから一度も外していない。

そんな指輪とリュナン様を交互にチラチラ見ていると、リュナン様が顔を逸らした。

耳が赤く染まっている。

「別に……何もいらん。気にしないでくれ」

「で、ですが！　それでは私の気が納まりません!?」

「……指輪のサイズは合ったのか？」

ががーん。話を逸らされてしまった……。

だけど質問には迅速に応じる必要があるので、私は回答する。

「自分で調節してよいとのことだったので、サイズだけ縮めさせていただきました」

「それでいい。気に入った――」

「はいっ!!」

しまった……。リュナン様が最後まで言う前に答えてしまった。

でも、本当に本当に嬉しかったから。こんなキラキラしたもの、初めてもらったから。

――あっ、違うな。

初めてじゃない。私が初めてもらったキラキラはリュナン様ご自身だ。そしてレッドラ家の皆さんだ。もちろん皆さんを『私のモノだ』なんて傲慢を言うつもりはないけれど。

それでも、この屋敷で生活を始めた時は世界のすべてがキラキラして眩しかったことを、今でもよく覚えている。だから皆さんは私の宝物だ。

そんな宝物がまた増えてしまった。やっほい。

――やっほいやっほい、やっほい。

そうやっほいを噛み締めていると、リュナン様が口元を押さえていた。

「ははっ……それなら良かった。まぁ、今日結婚指輪の発注もするから、そいつの出番は少ないと思うが……何かの記念として取っておいてくれ」

「もちろんです！　宝物にします!!　家宝です!!」

「家宝は勘弁してくれ。俺の宝にもなってしまう」

苦笑するリュナン様の目じりにはしわができている。

このお顔、久しぶりに見たな。やっぱり何度見てもやっほいだ。ずっと笑っていてもらいたい。

だけど、リュナン様のしわの位置がすぐに眉間に移ってしまった。

「今日の予定は結婚指輪作りだけ？」

尋ねてきたのは、今まですっかり無視してしまっていたアスラン殿下。

そんな殿下に答えるリュナン様はやはりどこか冷たい。

「……まぁ、空いた時間に俺は家の仕事を片付けるつもりですが」

「それなら、その間はノイシャさんをお借りしてもいいかな？」

その疑問符に、リュナン様の眉間のしわがますます深くなる。

「ノイシャにどのようなご用件が？」

「いや、本格的に彼女を口説き始めようかと、ね？」

最後の「ね？」は私に向かって放たれた疑問符らしい。

いや、疑問符というより……同意かな？

何に対して同意すればいいのだろう。殿下は私を口説くとおっしゃった。

——口説く……とは？

私に何かさせたいことがあるのだろうか？

それとも、くどくど述べ訴えたいような愚痴でもあるのかな？

私の過去をご存じの殿下ならば、おそらく後者だ。

だって私は元聖女。懺悔を聞くのは得意だもの！

「お任せくださいっ！　殿下のお気持ちが晴れるまで、しかとお付き合いさせていただきます！」

「……ん？」

「簡易的なものでよろしければ、懺悔室もお作りしましょうか？」

私からの提案に、なぜかリュナン様が噴き出す。

何か……おかしなことを言ってしまったのだろうか？　もしやこの屋敷にまだ私の知らない部屋があり、そこがすでに懺悔室になっているとか？　あるいは……そうだ、この屋敷には礼拝堂はもちろん女神像もないから、罪を赦してくれる神がいらっしゃらない!?

私はリュナン様に真剣に問うた。

「女神像はどのくらいのサイズまで大きくして宜しいでしょうか？」

「ははっ。いや……そうだな。なるべく小さい物で頼む……どうせなら殿下がお持ち帰りできた方がいいんじゃないか？」

「なるほど？」

たしかに女神様が描かれたメダイなどを持ち歩いている礼拝客もかなりいたし、なんなら制作していたこともある。上下水道の仕事が回ってきたから、さすがに時間効率が悪いとその仕事はすぐに外されたのだけど。

お客様のおもてなしの一環に、帰りにお土産を渡すというマナーがあったはず。

さすがリュナン様！　助言のおかげで、またぐーたらマスターに一歩近づいたぞ。やっほい！

そうと決まれば話は早い。食事が終わったら、さっそくお土産制作に取り掛からねば！

「ねぇ、リュナン？　自分の言葉の意味、通じなかったのかな？」

「うちに懺悔室が爆誕しても、家ごと空を飛ぶよりはいいですよね」

「うわ～、こいつも急に調子に乗りやがって。あとで泣きを見ても知らないからね？」

なんだかリュナン様とアスラン殿下の間の空気も和やかになっている様子。

私がぐーたら極めるついでに、お二人も仲良くなってくれたら嬉しいな。ついでなんて言い方、申し訳ないかもしれないけど……私にできることは、どのみちぐーたらを極めるのみだ。

――がんばるぞ、やっほい！

私は揚々と朝食に手を付け始める。

今日の具沢山の鳥の旨みが効いたおかゆもすごく美味しいです、ヤマグチさん！

お腹もいっぱいになったところで、まずはお花の水やり……と思ったら、セバスさんも久々にお花とぐーたらする時間ができたとのこと。

なので腹ごなしがてら、一緒にジャージ姿で水やりをしていた時だ。

たとえ殿下がいらっしゃっても、庭いじり時のジャージは問題なかろうとのこと。

やっぱりジャージは動きやすいなぁとルンルンしていると、セバスさんが聞いてくる。

「ノイシャ様は……今までのこの屋敷での生活、やっほいでしたか？」

「もちろんですとも!?」

なんだかコレットさんのような口調になってしまった。最近こんなことが増えている気がする。

セバスさんもそれに気が付いたのか、噴き出していた。

「公爵夫人として、その口調はあまり宜しくありませんなぁ」

私も一応、公爵夫人として人前に出る時にぐーたらモードはいけないとわかっている。その時は終始仕事モードを維持してシャンとし続けなければいけないだろう。……三分以上もつのか、あまり自信はないけれど。

それに対して、もしもコレットさんならば……。

「コレットさんは殿下の前では常に落ち着いていらっしゃいますよね」

普段は明るく奔放なコレットさん。常にテキパキお仕事は変わらないけれど、よくよくリュナン様をからかっては『ど阿呆』と小突かれている。……ちょっと羨ましい。

リュナン様と仲良いこともそうだし、ビシッと切り替えたら教会に来ていたどの貴婦人よりも綺麗な佇まいが、本当に本当にカッコいいのだ。

「私、もっとコレットさんを見習いたいです。たとえ家の中でやっほいしていても、外でシャンと公爵夫人ができれば……それが一番かな、と……」

どうなのだろうか。れっきとした公爵夫人は、人様の目がなくてもシャンとしているものなのだろうか。だけど、私は憧れるのだ。だからきっぱりと言い切る。

「おうちでぐーたら。お外でシャン。私はコレットさんのこと尊敬してます！」

「それを聞いたら、コレットは泣いてしまうでしょうな」

「同時に、そんな素敵なコレットさんを育て上げたセバスさんのことも尊敬しています」

そう、なぜか他人事のセバスさんに付け加えれば。

セバスさんは私を見下ろして、大きく目を見開いていた。

「ノイシャ様……」

どうして、そんなに驚いているのだろう？

私はただ思っていたことを言っているだけ。今まで与えられて感じたことを、そのままお伝えしているだけなのに。なぜそんなに喜んでもらえるのだろうか。

だから、欲が出てしまう。

もっと、もっとと、私は思わず強欲になってしまう。

「だから、そんなお二人と家族になれたこと、本当に本当にやっほいなんですけど……あの……私たちは……『家族』じゃダメなんです、か……？」

ずっとアスラン殿下の言葉に違和感を覚えていた。

殿下はずっと私とセバスさんらを『主従』であるからと助言してくれていた。

たしかに傍から見ればそうなるのだろう。私は身請けされてきたとはいえ『公爵夫人』かつ『女主人』であり、セバスさんらは『執事』や『侍女』や『料理人』。セバスさんも元は軍人らしいし、コレットさんもセバスさんが拾ってきた孤児。ヤマグチさんは……なんだかよくわからないけれど、特にどこかの貴族だという話は聞いたことがない。

爵位持ちと、平民。

それらは財産のみならず、その責任も立場も異なるものだということは、教会に居た時からいやというほど言い聞かされてきたことだけど。

「あぁ、ダメですなぁ。年を取ると涙腺が弱くなって仕方がない」

セバスさんは苦笑しながら、目じりを拭っていた。軍手が汚れていたのだろう。顔に泥がついてしまっている。それでもセバスさんはれっきとした『執事』の顔をして、私に話してくれる。

「ノイシャ様、不敬を承知で言わせていただきます――私からしたら、コレットも、リュナン坊ちゃんも、ヤマグチも、そしてノイシャ様も……みんな私の大切な家族です。この中の誰かに危険が及ぼうものなら、私のすべてを懸けてお守りしてみせます」

その言葉に、今度は私の目の奥が熱くなった。

――家族だ……。

――私にも、ようやく家族ができたんだっ!!

全身にやっほいが走る。

どんなに恋焦がれても、私には絶対に手に入らなかったもの。手に入れたいとも思わなかった、遠い、遠いキラキラしたもの。すごく眩しかった。遠くから見るだけで眩しくて眩しくて、見ていることすら苦しかったから、いつしか見ないようにしてしまっていたもの。

やっほいが容量オーバーしてしまいそうで、私は思わず話を逸らしてしまう。

「リュナン坊ちゃん、初めて聞きました」

「ご両親と一緒に領地で暮らしていた頃は、ずっとそう呼んでいたのです。独り立ちする時に『いつまでも坊ちゃんと子ども扱いするな』と言われまして、改めるようになったのですが……」

セバスさんは優しい顔で言う。「それでも、坊ちゃんはいつまでも私の可愛い坊ちゃんですな」と。その奇跡で確認するまでもない本音に、私は「やっほいですね」と羨ましがって。

そしてやっぱり、私はもっと欲しがってしまうのだ。

「あの……リュナン様やコレットさんやヤマグチさんに聞いても……私も『家族』だって、言ってもらえるでしょうか?」

するとセバスさんは膝を曲げて、私に微笑んでくる。

「それでは、今から聞いて歩きましょうか?」

○コレットさんの場合

お部屋掃除中のコレットさんに、私は開口一番訊いてみた。

「コレットさんは……私の家族ですかっ⁉」

「もちろんですとも～⁉」

コレットさんに抱き付かれながら、私はセバスさんと顔を見合わせて笑う。

だって、さっきの私の口調とまったく一緒だったんだもの。

するとコレットさんは「その反応はなんです？」とセバスさんの方を見て、一言。

「あ、父さん泣いたでしょ？」

「……私が泣くわけなかろうが」

さすがコレットさんだ！　長年の娘にはすべてお見通しのようである。

顔を背けるセバスさんに、コレットさんは嬉しそうに詰め寄っていた。

「うっそだ～。目が少し赤いも～ん！」

「それは、さっき花粉が目に入ってだな……」

「はい、嘘～～‼」

そんな二人のやりとりにやっほいしてから、私は実在の手帳にその様子を書き込んでいた。

すると、コレットさんが首を傾げてくる。

「ノイシャ様は今度は何を書いているんですか？」

「あっ、ちゃんと家族と認めてくれるのか記しておこうと思って」

「何のために!?」

「残しておいたら、いつか読み直した時にまた『やっほい』できますよね？」

その発言に、どこか恥ずかしくなった私は「ふひひ」と笑う。

コレットさんは再び私を抱きしめて、今度は頭も撫でまわしてきた。

「もうなにこの可愛すぎる生物!?　本当に生物か？　実は『かわいいの神様』だったりするんじゃないのか？　わたし一生面倒みるから！　どこのど阿呆にもあげないんだからあああああああっ！」

コレットさんのお胸に圧迫されてちょっと苦しい。

私はモゾモゾ顔を這い出させて、コレットさんを見上げた。

「コレットさんは、私のお母さんですか？」

「ん〜〜？　そこはお姉ちゃんがいいですかね〜？」

「お姉さん、い、お姉さん？」

「お姉ちゃん、い、い、お姉ちゃん」

「なるほど？」

どうやら『お姉さん』と『お姉ちゃん』はコレットさん的には違うものらしい。

だから私は手帳に大きく書く。

↓コレットさんは私のお姉ちゃん。

「そこ、語尾にはハートも付けておいてくださいね！」

「畏まりました！」

そのやり取りにセバスさんが「こらコレット」と注意をしているけれど、顔がすっかり緩んでいる。だから私も遠慮なく付け加えた。

↓コレットさんは私のお姉ちゃん♡

〇ヤマグチさんの場合
お昼ご飯準備中の厨房に突撃して、私はさっそく訊いてみた。

「ヤマグチさんは、私の家族ですかっ!?」

「それは違うと……」

がが一んっ、としょんぼりしようとするも、ヤマグチさんが私の後ろを見ては言葉を止める。

どうしたのだろう？　私が振り返ると、セバスさんとコレットさんがやたらニコニコとしていた。

再びヤマグチさんを見やると、コック帽を外してつぶらな瞳を向けてくる。

「リュナン様はおれの主です」

「はい」

「セバス先輩はおれの先輩です」

「コレットさんは……」

「コレットさんは？」

「コレットさんは…………」

ヤマグチさんは再び私の後ろを見ては、言葉を止めるを繰り返す。繰り返すたびに顔が赤くなっていくから振り返ってみれば、コレットさんはきょとんとしていて、セバスさんはどこかヤマグチさんを威嚇している様子。

――この場での追及は避けたほうがいいやつかな？

悟った私が「それでは私は？」と訊いてみれば、ヤマグチさんはスムーズに答えてくれた。

「だからノイシャ様だけ、おれの家族というのもおかしいと思います」

「それはそうかもしれない……ですね……」

たしかにヤマグチさんがこの屋敷の皆さんを家族と思っていないのに、私だけ家族というのもおかしい気がする。少し……いや、とてもしょんぼりだったりするけれど、家族を強要するのもおかしな話。それこそ立場が上の貴族が、立場の弱い者に命令するようになってしまう。それは絶対に嫌な案件だ。

それでもしょんぼりを隠せない私に、ヤマグチさんはいつも通りの抑揚の少ない声音で言った。

「だから、おれのことはただの『ヤマグチ』とお思いください」

「……なんですと？」

言われたことが理解できずに、思わずコレットさん語を発すると。

ヤマグチさんが珍しくはにかんでくれる。

「『ヤマグチ』です。ノイシャ様がどこにいようと、どんなお立場にあろうと、俺はあなたの『ヤマグチ』です。あなたが美味しいとやっほいしてくださるものを、いつでもどこでも、あなたのお好きなだけ美味しい食事を提供する『ヤマグチ』です――それではダメでしょうか？」

――それは……。

――それは、なんて素敵な『ヤマグチ』さんなのだろう!?

やっほいだ！　やっほいでしかない!!

ヤマグチさんはヤマグチさん。家族でも愛人でも家来でも何でもない、ヤマグチさんはヤマグチさん。なんだかヤマグチさんに言われたら、それがストンと腑に落ちた。

いつでもどこでもヤマグチさんがヤマグチさんで居てくれる。

それはなんて心強いのだろう。振り返ったら、コレットさんもセバスさんも「やれやれ」といった様子のあたたかい顔をしていた。

だから私も興奮を隠さず、ヤマグチさんに確認する。

「ヤマグチさんはヤマグチさん！」

「うす」

だから、私はやっほいと手帳に書き込む。

もちろん一面いっぱい大きな文字で、だ。


↓うす!

○リュナン様の場合

「おまえら、俺に業者の出迎えさせるとはどういうことだ?」

私たちが厨房で盛り上がっていると、仏頂面のリュナン様がやってきた。

ヤマグチさんが無言のままお湯を沸かし、作り置きのお茶菓子を用意し始める。

そうだ! 今日はこれから引き出物を選ばないといけないんだった!

だけど、お湯が沸くまで三分はかかるだろう。

その間に、私はリュナン様に尋ねる。

「私はリュナン様の家族で宜しいのでしょうか!?」

「俺の妻なんだから、当たり前だろう」


↓当たり前!

これにて、私の『**私・ノイシャは皆様の家族か否か**』という調査が終わった。『**完**』である。

「いやノイシャ様、旦那様相手だけ適当すぎません？」

コレットさんが茶葉を用意しながら尋ねてきた質問に、私自身も目を丸くした。

「おや、本当ですね？」

言われてみれば、御三方とはそれぞれ心がやっほいするやり取りがあったのに、リュナン様への確認はあっという間に終わってしまった。

だけど、見返した手帳に書かれた『当たり前』の文字が……一番やっほいするような気がするのは何故だろうか。

私がひとりで首を傾げていると、旦那様がずっとつま先をトントン鳴らしていた。

「そんなことよりノイシャ。もう用は済んだのか？」

「はい、ノイシャです。ちょうど終わったところ――」

「それじゃあ、早く行くぞ」

と、リュナン様は私に両手を伸ばそうとして――止まる。

何かを担ぎ上げようとした体勢で、ピタッと止まっていて。

作業を続けるコレットさんはそんな奇妙な体勢の旦那様に気付かないまま尋ねていた。

「今は業者の相手を誰がしているんですか？」

「……他、この屋敷に誰がいると思う？」

「おお～。業者さんもビックリですね～!?」

「色々な意味でな?」

リュナン様は何食わぬ顔で体勢を戻した。そして今度は私の腕を引いてくる。小さく「よし」と聞こえたのは気のせいだろうか。私を摑む手はとても優しい。

「まったく、もう俺の衣装は決めてしまったからな。引き出物はおまえがいないと話にならん」

「早いですね!?」

だって昨日私が決めた時は、三時間くらいあれこれ悩んだものである。

結局は、白いふわふわの、それこそ進化したアイスのようにとろけそうなドレープが付いたデザインにしてもらった。レースなどの細かい部分はコレットさんにお任せだ。正直、私には違いがよくわからなかった。

そんな私にリュナン様は言う。

「俺は特に着るものに頓着しないからな。それに俺の衣装なんて誰も気にしないだろ」

「私、気になりますっ!」

花婿衣装のリュナン様。興味が湧かないはずがない!

いつもの騎士スタイルも凜々しくて素敵だが、タキシードという形態の正装を着たらどんなに素敵になるんだろう? それこそコレットさん曰く、アイスとソフトクリームくらい違うとのことだが……ただでさえ見目の良いリュナン様がさらに進化する。それを想像するだけで、私はいつも設計図に使わせてもらっている紙を十枚ほど消費してしまっている。

だけどリュナン様は応接間に入る前に苦笑した。

「そんなこと言うの、おまえだけだろうさ」

そして「お待たせしました」とリュナン様が扉を開ければ。

そこには、ソファに座ったうさちゃん仮面。

「うううう、うううううううううう!?」

私じゃない、正真正銘のうさちゃん仮面。どうやら商人さんと談笑をしていたらしい。「最近は地方で蚕の生産が……」なんて話をしていたようだが、私たちの入室で邪魔してしまったようだ。でも商人さんはどこか助かったとばかりに休心的な目を向けてくるから……あれかな。うさちゃん仮面の神々しさに緊張していたのだろうか。現に、私もあまりの感動に言葉が出ない。

するとと、うさちゃん仮面がシュタッと立ち上がる。

「それでは主役のご登場のようだ！　お役御免っ!!」

その後タタタッと私たちのいる扉から出て行こうとしたら……大きなうさちゃん頭が挟まったらしい。身体は外にいるのに、頭だけがどうしても抜けないご様子。

そんなうさちゃん仮面に、リュナン様は半眼で告げた。

「横向きにならないと通れないって、入る時もやったやり取りじゃないですか」

「おお、そうだったな！」

そしてうさちゃん仮面は無事にカニさん歩きで扉を抜けて、シュタタタタッとマントを靡かせて去って行ってしまった。

その背中を恍惚と見送ってから、気が付く。

「なんてこったい！　こういう時はサインを貰わなきゃいけなかったのでは!?」

「おまえも大概無駄な知識が多いよな……と。騒々しくてすみませんでした」

リュナン様が愛想笑いを浮かべると、商人さんも正気に戻ったようで慌てて立ち上がる。そして艶やかな頭を撫でながらペコペコと頭を下げてきた。

「いえいえ、愉快？　な時間を過ごさせていただきました。して、お隣にいらっしゃるのが奥様でございましょうか？」

商人さんは名乗りながら私に名刺を差し出してくれた。

こんなやり取りは、今までジャージ作りの時から何回も経験している。立場上、私から名乗ることは許されず……相手の名刺を受け取ってからニコリと笑みを作った。

――さぁ、仕事を始めよう。

「遅れてしまって申し訳ございません。私、ノイシャと申します。素敵な商品をたくさん用意してくださったと聞き及んでおります。とても楽しみにしていました」

業者さんや商人さんとのやり取りも慣れてきた。

詰まることなく挨拶をすれば、商人さんは私の手元に視線を向けてくる。

「これはこれは素晴らしい指輪を着けていらっしゃいますな。旦那様からのプレゼントで？」

──そうなんです！　すっごくやっほいな指輪なんです！

そう、前のめりで答えたいのはグッと我慢。今は仕事中だと己を律して、シャンとしたまま夫人スマイルを続けなきゃと思うものの……隣にリュナン様がいるせいか、なんだか恥ずかしくなってしまう。

「……はい」

だから遠慮がちな返事になってしまった。助けを求めるべくリュナン様に視線を向けるも、なぜかリュナン様も耳を赤くしながら頬を掻いている。なんてこったい。

「旦那様、失礼いたします。お茶をお持ちいたしました」

そんな時、空気を読んで登場するのはコレットさん。お茶を運びながらこちらにウインクをしてくるからして、本当に助け船だった様子である。

しかし対するリュナン様は「あいつ見てやがったな」と、すごく小声で毒づいていた。

そして、引き出物は無難に決まったと思う。

やはり商人さんの提示した品物の中にリバースドールみたいなお役立ちの一品はなかったので、引菓子として王都で有名な焼き菓子セットを、縁起物として少し変わった紅茶の茶葉を、メインにジャージセットを贈ることになった。糸さえあれば生地作りや裁縫はラクということで、一か月半あれば招待客の目途となっている二百着分の量産ができるということだ。なので、必要分の糸は明後日取りに来てもらうことになっている。明日の仕事時間で糸の量産をするのだ。

ともあれ、これにて今日の仕事はおしまい。こうした打ち合わせはもちろん三分を超えるので、本日分のボーナスとして、ヤマグチさんが特別なおやつにフロートを作ってくださるらしい。

フロートがどんなものか、私は知らない。できるまで秘密らしいが、絶対に私が喜ぶとコレットさん談。セバスさんも『楽しい飲み物ですぞ』とのこと。

だから、そんなフロートが待っている食堂へ向かう間にリュナン様にも聞いてみる。

「リュナン様もフロートなるものはお好きなのですか？」

「あぁ、昔はイチゴ味にしていたが、最近はコーヒーばかりだな」

「イチゴ!?　コーヒー!?」

なんてこったい!?　フロートには色々な味があるらしい。

ますます楽しみになった。「早く行きましょう！」とリュナン様の袖を掴むと、少し手に違和感を覚える。薬指の指輪が少し引っかかったのだ。もちろん大したことはなく指輪もリュナン様の服も壊れたりほつれたりしていない。

だけど、リュナン様が眉間にしわを寄せているから……謝らなくちゃと口を開きかけた時だった。

「自分もフロートとやらのお相伴に与れるのかな？」

後ろから聞こえた声に振り返れば、案の定そこにはアスラン殿下。

表情はいつもの柔和な笑みだけど、キラキラの髪がぺっとりとしている。そしてその凛々しい服装、どこかで見たような……？

　私が悩んでいる間に、リュナン様は殿下からの質問に答えていた。

「もちろん用意してございます。殿下はラムネ味でよろしいんですよね？」

「あぁ、昔お前と飲んだあれが忘れられなくてね。お前のところの料理人がレシピを秘蔵にしているから、国王になったあかつきには、まず一番に王命でラムネを公開させようと思っている」

「くだらんことで職権乱用はおやめください」

　それは……そんなにくだらんことではないのでは？

　ヤマグチさんの料理を世界中の人に食べてもらえる。つまり世界中がやっほいになれるのだ。想像するだけでやっほいである。やっほいを大勢でやっほいできたら、もっとやっほいになれるよね？

　そんなやっほいを想像していた時だった。

「それじゃあノイシャさん。二人っきりでフロートを楽しもうか？」

「なして？」

　いきなり壁に詰め寄られて、思わずコレットさん語が出てしまう。殿下は腕の中に閉じ込めるのがお好きなのか、またしても壁と両腕と胴体で囲まれてしまった。そのためどことなく周囲が暗く感じているのだが……別にどこに触れられているわけでもないし、リュナン様もすぐそばにいらっしゃるし、そんなに怖いわけではない。

しかも、

「ノイシャ」

「はい、ノイシャです」

「今殿下に詰め寄られているのと、その指輪を貰った時、どっちがやっほいだ?」

「指輪をいただいた時です!」

「ふっ」

なぜか、リュナン様がほくそ笑んでいる。

しかもわからないことに、そんなリュナン様を見て殿下が大笑いし始めた。

「ははは……あはははははは! なにあの勝ち誇った顔。あんな顔のリュナン、初めて見た……いやぁ、ウケるね。あんなリュナンを見られただけで、この屋敷に来た甲斐があったというものだよ」

殿下はひいひいと苦しそう。だけど、その下にいた私だけには見えていた。

アスラン殿下がひどく悲しそうな顔で笑っているのが。

「実に、幸せそうだ」

それを最後に、殿下がゆっくりと深呼吸をして。

殿下は私の顎を軽く持ち上げる。自然と目が合った殿下は「それじゃあノイシャさん」といつもの柔和な笑みに戻っていた。

「ちょっと今から、自分に口説かれてもらえるかな？」

「女神像、まだ制作しておりませんけども？」

「ううん、要らない。懺悔室も要らない。ただ——あまりやっほいな話はできないけど、それだけは了承して？」

その笑みは有無を言わさぬ雰囲気を醸している。

私が視線を向けることで暗にリュナン様に確認してみれば、リュナン様も「それでは二人分のフロートを運ばせましょう」と食堂へと向かっていく。

だから、私の答えは一つだ。

「畏まりました……」

すると、リュナン様の背を見送るアスラン殿下はやっぱり悲しそうな顔で微笑んでいる。

「ごめんな」

その謝罪は、私にしか聞こえない。


俺は食堂の扉を開けるやいなや、我が愛しい家臣たちに声をかける。

「恋をするって楽しいな！」

「男にそんなこと言われてもウザいです」

もうすでに一同揃っていた。セバスにコレットにヤマグチ。もちろん即座に暴言を吐いてきたのは我が家の侍女兼メイドのコレットである。

本来ならば『ウザい』など、断じて主人に向かって言うべきではない。

たとえ主人でなくても、兄に向かっても相応しくない言葉であろう。

だけど、今の俺はそんな些末なことで怒らない。

だって世界はこんなにも美しいのだから。

「おまえの戯言すらも可愛く聞こえてくるな。この調子じゃ、きっと二度と『ど阿呆』などと言えなくなりそうだ。なんせ心に余裕があるからな。聞き流すことなど容易い」

「めっちゃ根に持ってるじゃないですか、それ」

それはさておき、俺はセバスにノイシャと殿下の分のフロートを殿下の部屋に持っていくよう伝える。もちろんセバスは一瞬訝しげな表情を浮かべるものの……俺の意図が伝わったのだろう。ジャケットの胸部や腰の辺りに軽く触れてから「掃除をする羽目にならないといいですな」と二つのフロートを持って出る。

それを見送ってから、俺はテーブルの上に置いてあるコーヒーフロートに口を付けつつテーブルにもたれた。コーヒーの苦みとソフトクリームの甘み。双方の相乗効果でとても美味しい。

――人生はコーヒーフロートのようだ。

——苦しい時があるからこそ、とても楽しい人生となる。

「だってノイシャがあんなにも俺の用意した指輪を気に入ってくれているんだぞ？　たったそれだけで、こんなにも心にゆとりができるとは思ってもいなかった。実に気分がいい！　あぁ、世界はなんて美しいんだっ！」

「うっっっっざっ！」

コレットの全力の罵倒など屁でもない。

俺は口角を下げないままコーヒーフロートに舌鼓を打っていると、コレットは自分のフロートに手を付けないまま俺に詰め寄ってくる。

「それで？　アスラン殿下にノイシャ様をお貸ししたと？　まぁすぐに様子見に行きますけれど、どうするんです？　そのわずかな時間でノイシャ様に何かあったらどうするんです？」

「何のためにセバスを向かわせたと思っているんだ？」

伝わっていたようなので最後までは言わなかったが、フロートを届けた後に二人を監視するよう命令したつもりだった。セバスも仕込み武器を確認していたから、いざとなれば実力行使をしてでもノイシャの身を守るつもりだろう。殿下にも護身の心得はあるものの、子供の頃に手合わせした記憶からして、その腕は俺以下。あれからどんなに鍛錬を重ねたところで、到底セバスに敵うほどではない。

その『いざとなれば』を想像したのだろう。コレットが口を尖らせる。

「なんでそれをわたしに命じないんですか。父さんじゃやべーですよ。ノイシャ様案件ですよ？　王子がひとりで鮮血のダンス踊っちゃうじゃないですか」

「まぁ、その時はみんなで夜逃げだな」

どのような事情があれど、王子を暗殺しようものなら一族郎党打ち首案件だ。実家の両親には頭を丸めても到底謝罪で許されるものではないが、やっちゃったものは仕方ない。ノイシャも連れてせっせか逃げるしかないだろう。こいつらとならば、何とかなるような気もするし。

そもそも、殿下が何もしなければいいのだ。

いくら殿下とて、夫が一つ屋根の下にいるというのに、その妻を押し倒そうなどと思わんだろう。

……思わないよな？

だって正直、本当にノイシャと結婚などと考えている様子もないよな？

まぁ、教会でゴタゴタがあって、その中心にいそうな元聖女に政治面で白羽の矢が立とうとしていたから、先んじて危険がないか様子を見に来たというところだろう。

もしかしたら単純に仕事をサボりたくなり、逃げる口実に使われただけかもしれん。

殿下が屋敷に来て三日。休暇も終わり、そろそろ城へと戻る頃合いだ。これ以上城を不在にするのがよくないことは、殿下自身が一番よくわかっているはずだ。その時にノイシャも連れて帰るつもりなど毛頭ないはず。だってノイシャは俺にゾッコンなのだから。

――そうだよな。そうに決まっているよな？

「おーい、恋を謳歌している旦那様〜。だんだん眉間にしわが寄ってますよ〜？」

「それは……コーヒーが苦かったからだ！」

「ミルク入れますか？」

ここまでずっと黙って、自分用のフロートを楽しんでいたヤマグチがおせっかいを焼いてくる。

いつものことだが、ヤマグチのココアフロートは甘そうだな。

「頼む！　たっぷりだ！」

「うす」

俺はカフェオレになったフロートをズズと啜る。こんなに甘ければ、ノイシャも『やっほい』と飲みやすいだろうか。ちなみにセバスが持っていく前にチラリと見かけたノイシャのフロートは桃色ソーダのフロートだった。それはやっぱり……俺の髪の色だからか。

そのネタはいつまで続くのだろう？

いつまで続けてくれるのだろう？

「旦那様、やっぱり心配になってきているでしょう？　一緒に天井裏に行きますか？」

「ど、ど阿呆っ！　そんな情けない真似できるわけないだろっ!!」

「前言撤回はやっ！」

コレットはツッコみながらも、メロンフロートを勢いよく吸っていた。

殿下に割り当てられた客室は、この屋敷で三番目にいい部屋だった。

あとから知ったことだけど、一番いい部屋を私に使ってくれていたらしい。それを言い出したのはセバスさんでもなく、コレットさんでもなく、リュナン様自身だったという。

ただでさえ金で買われて不安な生活を送るのだから、部屋くらい一番いい場所を宛がうべきだと――元は自分の部屋だった場所を移してまで、私に譲ってくれたらしい。コレットさん曰く、模様替えが大変だったということだが……重い物はきちんとリュナン様が運んでいたとのこと。もちろん一人で運べない物はみんなで手分けして。

――その作業、私もお手伝いしたかったなぁ。

「ノイシャさんは飲まないのかい？」

「あ、いえ、いただきます！」

ヤマグチさんが作ってくれたものを飲むことに、アスラン殿下に許可をとるなんておかしいなと思うけど。桃色のあわあわな液体の上に、なんと進化したアイスクリームことソフトクリームが載っていた。持ってきてくれたセバスさんに答え合わせをしたところ、この冷たい飲み物にソフトクリームを載せたものを『フロート』というらしい。

なんてやっほいすぎる飲み物なのだろう。こんな贅沢な飲み物があっていいのだろうか!?

私がストローという細い管で啜れば、なんと飲み物が口の中でシュワシュワした。

思わずビックリして、一度口から離してしまう。だけど爽やかな酸味と甘みが恋しくて、もう一度飲んでみれば……やっぱりシュワシュワ!? またパッと口から離してしまった。

そんなことをしていると、アスラン殿下がくつくつと笑っている。

「本当、ノイシャさんは見ていて飽きないね」

「それは他人の幼子を見ているような気持ちで、ということでしょうか?」

「なかなか辛辣だね」

殿下は水色のフロートを飲んでいた。水色……何味なのだろうか。水色の食べ物って何があるかな? 思わず興味津々に見つめていると、殿下が「飲んでみる?」と差し出してくる。

だから「ありがとうございます」と受け取ろうとすると……いきなり天井が揺れた。おかしいな? 今は上の階に誰もいないはずだし、外はどんよりとした曇り空だけど強風が吹いた様子はない。でも明日はきっと雨が降るだろう。

なぜか殿下は「なるほどね」と呟いてから、水色フロートを引っ込めた。

「やっぱり勿体ないからあげない。また今度作ってもらって。昔から得意のようだから」

「殿下は以前からヤマグチさんの料理を食べていたんですか?」

私の質問に、殿下はやっぱり苦笑しながら答える。

「いや、ちゃんと彼の料理を食べたのは此度の訪問が初めてだよ。ただ一度、視察がてらレッドラ家の領地を訪問した時に、『ラムネ』という飲み物をもらったことがあったんだ」

だけど、その碧眼はどこか遠くを眺めているようだった。

決して手の届かない、雲の向こうに広がる青い空を求めるように。

「美味しかったなぁ。ちょうどリュナンと剣の手合わせをした後でさ。あいつ、俺が年上だからかてんで手加減してくれなくて……でも、負ける寸前で嘘のような隙を見せるんだ。俺が王子だから敢えて花を持たせようって魂胆がミエミエで。俺も敢えてそこに打ち込まず、盛大に負けてやってさ。両親から小言を言われているリュナンを遠目で見て、しげしげと思ったものさ」

だけど私が聞きたい昔話はすぐに「話が逸れたね」と躱されてしまって。

殿下はフロートの濡れたグラスを指先で撫でる。

「そんな運動の後に、水色のラムネという飲み物をもらったんだ。シュワシュワと喉に染みわたる甘酸っぱい飲み物なんて初めてで……夢中になって飲み干した。そこでさらにムカつくのが、リュナンはさも当然とばかりに飲んでいてさ。本当に可愛げのないやつだよ、あいつは」

――また話がリュナン様に逸れた。

「殿下は……リュナン様のことがお好きなんですね？」

私の問いかけに、アスラン殿下は誤魔化さなかった。

「あぁ、俺の片思いだけどね。あいつはずっと俺のことをいけ好かないとでも思っているのだろう。たまにしか会えなかったけど、俺なりに可愛がっていたつもりなんだがな……可愛がりすぎたのか」


たしかに、リュナン様からは殿下に対するいい話をほとんど聞いていない。

それこそ、そんな交流があったなんて話は、ただの一度も。

むしろリュナン様たちは、アスラン殿下に敵意に似た感情すら向けている。そのこと自体はとてもありがたいことなのだろう。だってリュナン様たちは私を守ろうとしてくれているのだから。私たちのやっほいな生活をこのまま続けようとしてくれている。

たとえ、どんな無理をしようとも。

そして、このアスラン殿下も。

「だから、今回の訪問に至ったのですか?」

「……君、やっぱり賢いね」

賢いなんて褒められるほどに優れた分析などしていない。

ただ見たまんまを話しただけだ。アスラン殿下はただの一度も私たちの関係をどうこうしようとしなかった。たまに私の立ち振る舞いを注意していたのも、私のためというよりはリュナン様のためなのだろう。たとえ彼が不在でも、私が女主人として家を切り盛りしていけるように。

リュナン様におんぶにだっこではなく、一人の伴侶として彼を支えられるように。

そのための自立と、信用を――従弟であるリュナン様のために、私に身に付けさせようとしていた。それはリュナン様が私を望んでくださっているという意思を尊重してのことだったのだろう。

だけど、アスラン殿下が『ごめんね』と告げたということは。

結局、私はリュナン様の奥さんとして不出来だったのだ。

「もちろん王宮内で『君を自分の伴侶に』という話があるのも本当だ。だからちょうどいいと思ってね。リュナンが今までの領分を超えてまで守ろうとした奥さんがどんな人か、しっかりと見させてもらういい機会だと思って」

「自分の領分……？」

アスラン殿下はやっぱり優しい方だ。

リュナン様が教えてくれないことを、きちんと私に教えてくれる。

「リュナンが第四位王位継承権を持つことは知っているだろう？　現国王、そして自分を含めた王子二人に何かあった場合、王位に就く可能性が高いのがリュナンの父、レッドラ公爵だ。その公爵が『息子に任せる』と言えば、王位はリュナンに継がれることになる」

この丁寧な説明が、今の私にはとても苦しい。

「だけどリュナンは、昔から王位なんかに興味がなかったのだろう。ただ面倒事に巻き込まれたくないだけかもしれないが、自分はただ次期公爵として北の領地を継ぐと公言し、今も城の騎士団で働きながらも、決して政治面に口出ししようとはしない。何かあったとしても必ず団長を立てていた。本来なら、団長よりも爵位は上なのだからいくらでも直接進言できる立場なのにな」

この方もすごく賢い人なのだろう。それこそ私なんかよりも。

思わず私は小さく笑うことしかできない。

――あぁ、そうか。

だから、この人もずっとこの屋敷で微笑んでいたのだろう。

諦めたくないけれど、諦めざるをえないから。

「そんなリュナンが二か月前、政治を揺るがす大きな成果を挙げた――ノイシャさんも知る、教会の弾圧だ。あくまで支部の一つの悪政を罰したという体だが、王都に一番近い支部だったことからわかる通り、教会組織の中でかなりの力を持つ場所でね。そんな重要拠点の悪事を暴いた英雄は――さて、どれだけの功績となるのだろうね？」

私は小さく息を吐いてから、頭を仕事モードに切り替える。

――その話は、感情を抜きにして対応しなければ。

「ですが、リュナン様は国王になろうとはお考えでないと思います」

「あぁ、自分もそう思う。だけど当人の意向は二の次なんだ。まわりがどう思うか――担ぎ上げることが自分の利に繋がるなら、いくらでも利用しようとするのが貴族社会。そんな英雄が、世界に革新的な文明をもたらした聖女を妻として、本格的に王位を狙いだしたなら……民衆の声援をうけて、国家転覆なんてことも夢じゃないかもしれないね」

――でなければ、私は……。

「だからノイシャさん。改めての提案だ――リュナンに平穏な生活を送ってもらいたいなら、君は城に来るべきだ」

「それはアスラン殿下と婚姻を結び直せということですか？」

「そういうこと。もし君が望むなら、ここの好きな使用人を連れてくることも許可しよう。あの侍女とも姉妹のように仲がいいのだろう？　今は目を瞑るから、そのままの関係性で連れてきても構わない。もちろん君に害のない有用な使用人を揃えるつもりだが……新しい場所に一人きりで来るというのも心細いと思うからね」

その後も、殿下の長い話が続く。

如何に、自分についてきた方がリュナン様のためになるか。

如何に、私が城に居た方が世の安寧のためになるか。

その長い長い話を、私はただ仕事モードで聞き続ける。

だから、私は間違えない。

仕事モードでいる時には、余計な感情を抱かないで済むから。

感情のせいで、間違った選択をしてしまうこともないから。

そんな長い話が一段落ついた時、私は少しだけ感情を取り戻す。

「……殿下は人から『ずるい』と言われたことはありませんか？」

私が見上げれば、殿下は不思議なまでに穏やかな笑みを浮かべていた。

その目に映る私も、同じような表情をしている。

「実はよくある。だけどそれが『政治』だ。平和のためなら個人の思考や幸せなんて何の価値もないんだよ。君も経験があるだろう？　君という駒が自由と意思を持ったから、あの教会は崩壊した」

——あぁ、だから。

——だからこの人は、自分のことを『自分』と呼ぶんだ。

自分の感情なんて関係ない。

ただただ、どうあるべきことが周囲にとって最善なのか。

だから、己の『個』なんて関係ない。

「君は賢い子だ。自分がどう動くべきか——自分でわかるだろう？」

そして、殿下は私のことを呼ぶ。

「聖女ノイシャ＝アードラ」

私はつくづく実感していた。

誰も私の奇跡を求めていなくても、私は奇跡を捨てることができなかった。

だから、久々に『聖女』と呼ばれて。

もう、リュナン様たちに無理を強いることがなくなって。

思っていた以上に、肩の力が抜けている自分がいる。

「明日の夜に、自分は城へと戻る。その時に一緒に来るかどうかよく考えておいてほしい」

「……畏まりました」

私は薬指の指輪に触れる。

——元のサイズはどのくらいだっけな。

私は再び、この指輪のサイズを調節しなければならなそうだ。


翌日。

今日は雨が降っていた。セバスから馬車を出すかと提案があったが、もちろん俺は断った。たった俺だけのために御者と馬二頭を雨ざらしにすることに気が引けるのだ。

昔それを誰かに話したら、「もう少し自分の身分を考えろ」と忠告されつつも、頭を撫でてきたやつがいたような気がするが……それは誰だったたか。

なので、俺がいつも通りの時間に一人乗馬で登城しようと雨具を身に付けていると、見送りに出てきたノイシャが尋ねてきた。

「リュナン様、今日のお帰りは何時頃になりそうなんですか？」

「そうだな……休み明けだし、おそらくまた日付を跨ぐだろう。遠慮せず先に寝ていてくれ」

それこそ、今日の彼女の仕事は引き出物のジャージ制作用の糸づくりだ。

本人は所要時間三分で終わらせるつもり満々だったが、制作時間を短縮する分、とても疲れそうなものである。おやつの甘い物は豪勢にするようヤマグチに命じてあるが、睡眠もしっかりとってもらいたい。

あまり望ましい形ではないが、アスラン殿下のおかげで無事に結婚式を挙げる目途が立ったのだ。当日まであと二か月足らず。それまでどうか大病せずに、日々をやっほい数えていてもらいたい。

そんな彼女がにこりと微笑む。

「それでは――今しかないようですね」

ノイシャが渡してきたのは見覚えのある小箱だった。

それに、俺は何も言葉が出ない。

だって、その黒のスエード地の立方体の箱は――

「私はアスラン殿下と城へ参ります」

「は？」

ノイシャは笑っていた。のほほんとしていたり、へにゃっとしているものとも違う。

誰よりも立派な成人女性として、彼女は綺麗な笑みを浮かべていた。

「殿下は本日お帰りになるご予定とのことなので、私も一緒についていこうかと」

――こいつ、今仕事モードだ。

近頃『公爵夫人』として相応しい立ち振る舞いを意識していることは知っていた。

それでもどこか『やっほい』が抜けきらない、そんな彼女の『シャン』が好きだったのに。

「こちらの指輪をお返しさせていただきます。サイズも元に戻してありますので」

ノイシャは俺が後から渡した小箱を差し出してくる。

恐る恐るそれを開けば、そこには俺のあげた婚約指輪が入っていた。

「今まで大変お世話になりました。どうかまた良き伴侶を見つけてくださいね」

ノイシャは慈愛に満ちた笑みで告げてくる。

俺にとって最も絶望的な言葉を。

「あなたの幸せを、誰よりも祈っております」

第四章　雨

その日のお昼前に、私はもう馬車に乗っていた。

だって、私の荷物なんてほとんどない。

洋服も何もかも、すべてはリュナン＝レッドラ様に与えてもらっていたものだ。

――教会に戻った時でも、ジャージは着ていたのにな。

今度は本当に本当に何もない。

三か月前にレッドラ邸に訪れた時と同じ。私は私しか持ち合わせていない。

「もう少し話し合わなくて良かったのかい？」

お迎えに来た馬車は、今まで乗ってきた中で一番豪華な馬車だった。

そして、今までで一番乗り心地が良い馬車。だけど、今はガタゴト揺れていてほしかったと思う。

他のことで私を満たしてほしかった。

「しょんぼりしてしまうだけですので」

アスラン殿下にならって、私はもの凄くずるいことをした。

レッドラ家の皆さんを、奇跡で強制的に眠らせてしまったのだ。

本来ならば、まさしく『ど阿呆』案件である。

だけどもう、私は二度と『ど阿呆』と怒ってもらうことはできないのだろう。

アスラン王太子殿下の妻になるということは、私が王太子妃。ゆくゆくは王妃になるということ。

しかも、私には『大聖女』という新しい称号を与えて、このアルノード王国のシンボルとする予定らしい。神が遣わせた御子が私であるとして、この世の平和の象徴とするとのこと。

なんて大層なお役目だ。私が平和の象徴だとか。まさに『なんてこったい』な事案である。

アスラン殿下が訊いてくる。

「だとしても……本当に一人で良かったのかい？　あのメイドくらい、君のためならリュナンだって譲ってくれただろうに」

「ダメですよ。皆さんには……これからもずっと一緒に居てもらいたいんです」

もちろん一人は寂しいけれど。コレットさんが居てくれたらと、今でも願ってしまうけれど。

リュナン様と、セバスさんとコレットさん、ヤマグチさん。

皆さんが揃っての、私のレッドラ家だから。

私は、そんなレッドラ家が好きなのに。

私が、皆さんを離れ離れにするだなんて、できるはずがない。

――できるはずが、ないじゃないですか……。

向かいに座るアスラン殿下が、腕を伸ばして私の頭を撫でてくる。

「ノイシャさんは今まで通り、一日三分くらい王宮内の教会や城に訪れる来賓客に顔を出して、挨拶さえしてくれればいいから。まぁ、年に数回は民へのお披露目とかだったり長時間顔を出してもらうことはあるかもしれないけど……たまに、なら大丈夫なんだよね？」

「レッドラ家に居た頃はボーナスを支給していただいておりました。お土産を買わせていただくとか、ジャージを作るとか」

「本当に可愛いボーナスだね。今まで以上の褒美を約束するよ」

「正直……なくても構いません。私、もう元気なので」

皆さんにはずっと話せていなかったけれど、最近はずっと体調が良かったのだ。よほど緊張しない限り、三分なんて時間制限がなくても、おそらく普通に働けるくらいには。

だけど、言えなかった。

『三分だけ！』と言えば、皆さんが嬉しそうな顔をしてくれるから。

皆さんに大切にされているのが心地よくて。嬉しくて。やっほいで。

甘えることになれてしまったから、今はしょんぼりしているだけ。

私は馬車の外に目を向ける。

今日はずっと雨が降っている。だけど私は知っている。止まない雨はない。

いつか空が晴れるように、私の心も晴れるはず。

きっと城での生活にも、やっほいできる何かがあるはずだ。

——そういや、髪が少し伸びたなぁ……。

窓ガラスに映った自分の髪が鎖骨まで届いていた。よく食べよく寝ていたせいか、髪が伸びるのも昔よりだいぶ速くなった気がする。

「髪は……伸ばした方が宜しいのでしょうか？」

「そうだね、長い方が立場に相応しいと思うよ」

「畏まりました。伸ばします」

私が淡々と答えたら、アスラン殿下は私の隣に移動してきた。

そして、私の色の残った一房をすくう。髪の色だけはなかなか元に戻らない。色が抜けてしまった聖女が回復したという記録を読んだことがないから、果たして体力が回復したところで戻る可能性があるのかどうかも定かではないけれど、私としてはどちらでもいい。

むしろ戻りたくない。髪の色まで変わってしまったら……ううん。これ以上考えるのはやめよう。

アスラン殿下は私の髪に触れるだけで、特に人と違う髪については何も聞いてこなかった。

ただ、髪から手を離すつもりもないらしい。

私も気にせずしとしとと降る雨を眺めていると、殿下が話しかけてくる。

「侍女がその辺は管理すると思うから。実は短い方が好きだったりしたらごめんね」

「いえ、個人的にはどちらでも」

教会に居た頃は、髪の手入れなんてままならなかったから、短くなってやっほいだっただけで……城に入れば、私の髪も肌も、全て専属の人が管理してくれるらしい。

だから別に、どんな髪型だって関係ない。

誰に触れられたところで関係ない。

私はもう、私だけのものではなくなったのだから。


「はい、フラグ回収おつかれさまでした～！」

「いつもおまえはどこでそんな言葉を覚えてくるんだ!?」

玄関で倒れ伏していた俺たちが目覚めたのは、昼過ぎだった。

ノイシャから婚約指輪を返されて、「どういうことだ」と問い詰めようとした時にはもう意識がなかった。あいつは俺に『ど阿呆』と言わせる間もなく、俺たちを一斉に眠らせたらしい。

そして目覚めて早々、手分けして屋敷中を捜したが……どこにもノイシャの姿を見つけることができなかった。ついでにアスラン殿下のお姿も。

そんな現実を認めた俺は、慌てて執務机の書類棚を開ける。

——もしも、これすらなくなっていたら。

――もしも、破られでもしていたら。

だけど、俺は肝心な書類が無事そのままであることを確認して、手近の壁をぶん殴る。

俺とノイシャの婚姻契約書。それはしっかりそのまま残っていた。

だから安心して、俺は叫ぶ。

「だあああ！　ど阿呆っ!!　同じような展開、二か月くらい前にも経験したような気がするぞ!?」

「奇遇ですね、旦那様！　わたしもですっ!!」

彼女も一通り捜し終え、この場にたどり着いたのだろう。

コレットが見事なタイミングで相槌を入れてきたので、俺もテンポよく応じる。

「そうか、さすが可愛いコレットちゃんだな！　そして可愛くて有能なコレットちゃんよ、俺の愛する妻はどこに行った？」

「あんたよりがっつりイイ男の王太子がいいと逃げていきました！」

「あっは。おかしいな？　俺はつい昨日まで『恋って素晴らしいなぁ』とか宣《のたま》っていなかったか？」

「だから『フラグ回収おつ♡』なんですよ」

「だからその『フラグ』というものはなんだと――」

俺らが無駄にテンション高く状況確認をしている中、シャーカッ、シャーカッと金属が擦れる音が響いてくる。それに二人揃って通路へ出れば、玄関ホールの真ん中で、正座したセバスが細身の剣を研いでいた。

俺はおそるおそる訊いてみる。

「……セバスは何をしているんだ？」

「見ての通り、最近使っていなかった愛用の剣の手入れをしております」

「あーあれか。鮮血の死神騎士《ブラッド・ネクロマンサー》時代に愛用していたという異国のカタナとかいう剣だったか。片刃のやつ」

「そうでございますね」

そして、セバスは再びシャコシャコと。どうやら細かい部分を研ぎだしたらしい。

その姿を見て、俺も腕を回した。

「それじゃあ、俺も少々用意をしてくるかな」

「いや、何の!?」

わかりきったことにツッコんでくるのはコレットだ。

わざわざ言語化するまでもないだろうに……ほら見ろ。ヤマグチなんか何も言わずともどの斧がいいかセバスに尋ねにきたぞ。金の斧と銀の斧とこびりついた血で錆びついた斧か。セバスは迷わず最後のものを指さしていた。奇遇だな。俺もそれがいいと思っていた。

まぁ、あの斧の手入れをするには最低一日はかかるだろう。

俺の準備もそれだけあれば事足りる。

俺が執務室へ向かおうとしていれば、背後からコレットが掠れた声をかけてきた。

「あの～……マジですか？　え、今行くの？　もう行っちゃうの？」

珍しくうろたえるコレットである。

普段ならば我先に『よし突撃じゃ～っ！』と突っ込んでいきそうなものを……。

彼女はむくれた顔で、腰に手を当てていた。

「結婚式当日の方が、絶対に侵入しやすいと思うんですけど」

その言葉に、レッドラ家の男一同が同時にコレットを見やる。

○ノイシャの規格外の能力が他国に知られれば、それだけで戦争の火種になる。ならば、中途半端に情報の管理をするのではなく、世界的に女神の再臨と知らしめて、我が国の象徴としたほうが、急事の際に動きやすく、結果としてノイシャの身の安全に繋がるだろう。このままでは他国のみならず、自国内の貴族同士にもノイシャを巡る内乱が起こりうる。
お城に入って早々、私には特級の部屋が用意されていた。

見晴らしも良く、内装も豪奢かつ品がいい。いい意味で生活感のない、そんなお部屋。

そんな室内で一息ついてから、私の幸せ王太子妃生活が始まる。

「ノイシャさんはメモをとるのが好きだね？」

「最近新しく覚えたぐーたらです」

「ぐーたら……趣味ってことかな」

正直なところ、今までは見聞きしたことはすべて一度で覚えることができていたので、メモというのも心に記しておけば全て事足りていたのだ。

だけど最近、こうして実際に何かを書く機会が増えて。

経験したこと、その時に感じたこと――それを文字として残しておけることに、私はやっほいを覚えた。だってこのメモを見れば、その時に感じたやっほいを再体験できる。それはなんてやっほいなことなのだろう。

――もっと前から、きちんと実際のメモに残しておけばよかった。

何度も再体験したいやっほいが、あの屋敷では数えきれないほどあった。

いくら悔いても、もうあの時のやっほいは戻ってこない。

私の手帳を覗き込んでいたアスラン殿下が落としたように笑う。

「それなら、そんな自分の話なんて残しておかなきゃいいのに。悲しい気持ちになるだけだろう？」

そうおっしゃる殿下と目を合わせないまま、私は答える。

「これを見返せば、私の決断が正しかったと思えますから」

だから私は後悔しない。してはならない。

――これが一番、世界中の皆さんのため。

――しいてはリュナン様たちのためになるのだから。

「ほら、それじゃあ使用人たちの紹介をしようか」

アスラン殿下が両手を二回叩く。するとそれを合図に、ずらずらと総勢十二名のメイドさんと三名のドレスを着たご令嬢方が一斉に部屋に入ってきた。

その皆さんが私に頭を下げた後、アスラン殿下が何事もなかったかのように紹介を始める。

「前に立つドレスを着た人たちが、ノイシャさん専属の侍女ね。若草色のドレスの人が侯爵家で一番位が高いから、ひとまず彼女を頼っておけば間違いない」

すると若草ドレスの方が「マリーア＝アニスと申します」と挨拶をしてくれる。慌てて不格好に頭だけ下げても、誰も私を笑うことも詰《なじ》ることもしなかった。

続いて残ったドレスの方たちが挨拶をし、残るメイドさんたちは「あとは見ての通りのメイドだから。刺客が紛れ込まないように顔だけ覚えておいて」と物騒でおざなりな紹介で終わる。

それは……いくら侍女とメイドは職務と立場が違うとはいえあんまりではないか。

一般的に、侍女は女主人の付き人で、メイドは家事など身の回りの世話をしてくれる人。だから立場的にも雲泥の差があるらしいが……そうとはいっても……。

しかしアスラン殿下に訴えようにも、やっぱり笑みの瞳の奥から有無を言わさぬ圧力を感じる。

——私の仕事は、ただ言われるがまま頷いておくだけ。

「……わかりました。皆様、これからどうぞよろしくお願いいたします」

そう言葉を返せば、アスラン殿下が満足げに頷いた。

「それじゃあ自分は今日はここまでで。ノイシャさんは侍女に衣裳部屋とかを案内してもらっておいで。また明日ね」

殿下は私の頭をぽふぽふ叩いてから、颯爽と部屋を去っていく。

名残惜しく思う暇もなく、話しかけてくるのは先に自己紹介してくれたマリーアさんだ。

「それではノイシャ様、衣裳部屋へご案内いたします。素敵なドレスばかりですのよ？」

そうして案内されたのは、部屋一室まるまるドレスで埋め尽くされた衣裳部屋。一見するだけで良質な絹やサテンが使われたドレスばかりで、あまりの華々しさに感嘆の息が漏れてしまう。

よく見れば、異国のドレスも交じっているらしい。でもデザイン以前に、どれもこれも私にはサイズが大きそうである。

私が一種の鑑賞物のように眺めていると、マリーアさんがニコニコ話しかけてくる。

「どれかお気に召すものはございますか？　すぐさまサイズを合わせさせますわ」

「……元はどなたの物だったのでしょう？」

「それはわたくしの口からは申し上げられません」

やはり私のために用意されたものではなく、元は誰かのものらしい。

しょせんは身請けされた聖女なので、誰かの下げ渡しに腹を立てるわけではない。むしろ高位なる方からの下げ渡しは名誉とされるもので、たとえば代替わりする時に前王妃からドレスや宝石を譲り受けたりするし、騎士の間でも代々騎士団長が引き継いでいる名剣があるのだとか。ここにあるドレスも同じように、どこに下げ渡されようとも宝とされるような逸品だらけだ。

それなのに、マリーアさんはどこか悲しげな顔をしていた。

「ですが、どれも殿下の思い入れ深いものです。ただしまっておいても宝の持ち腐れだからと、ノイシャ様にもらってほしいとおっしゃったのも殿下ですわ。どうかその御心の少しだけでも、受け取ってあげてくださいまし」

――お気持ちは受け取っても、品物は受け取れないなぁ。

だってサイズを変えてしまうということは、元の持ち主はもう着られなくなってしまうということだから。私はあまりに細くて小さいから、布を切る必要だってあるだろう。

――もちろん奇跡で上手くやることも可能だけど……。

正直そこまでして、私が着たいと思うドレスはない。

そもそも洋服なんて、着ることができればそれでいいのだ。会う人を不快にさせない、そんな姿さえできていればいい。誰かにドキドキしてもらうとか、ときめいてもらうとか、そんな必要はないのだから。どんな華やかなドレスを見ても、桃色のジャージよりやっほいする衣装はない。

だから煌びやかな衣装室の真ん中で、私はマリーアさんにお願いした。

「教会で着ていたような修道着を用意してもらうことは可能でしょうか？」

○王太子の政治的事情でいえば、婚約者を失なったことで、王位継承権が危ぶまれている。次男が王として相応しければそれでもいいのだが、なかなかの野心家で領土拡大を目論んでいる。戦争はしたくないので、自分は何がなんでも王にならなければならない。そのためには、『女神の再臨』と崇められるノイシャの存在がほしい。平和の象徴にしたい。
↓水道設備の件だけでも十分なのだが、さらに教会の悪習を暴いたことで名声は十分とのこと。足りなかったら、結婚式で花でも咲かせればいいよ。


「驚いた。本当にヴェールを被って生活しているんだね！」

「素顔を隠しながら生活する方が神聖みが増すかと思いまして。いけませんでしたか？」

さすがに王太子妃になろうとする女が修道着はダメだったらしく、繊細なレースで作られたヴェールを被って生活することになった。ローブの袖周りにもレースが付いているため、すぐにひっかけてしまいそうになるけれど……その時はこっそり奇跡で直している。実はもう三回ほど。

アスラン殿下が私に顔を出すのは、二、三日に一度だけだった。

どうやら公務が溜まっているらしく、その処理に追われているらしい。私たちの結婚式も来月に行うらしく、同時にその準備にも追われているそうだ。

だけど殿下は顔に疲れの色を見せずに、サンドイッチを口で挟みながら私のすぐ近くに椅子を寄せた。はしたないけれど、その行為を咎める人はいない。それほど忙しいということだ。

「いや、ノイシャさんさえよければありがたいかぎりだ。ただ少しでも不便を感じるようなら、部屋の中だけでもヴェールを外してね。これからの生活の方が長いのだから」

「畏まりました」

残りの人生のどれだけを、この生ぬるい空気の城で過ごすことになるのだろう。

レッドラ家を離れて一週間、侍女の皆さんら使用人には大変よくしていただいている。毎日丁寧に肌を磨いてもらい、食事もほどよく腹八分目でいただいている。

私は朝食をいただいた後だったので、ぐーたら時間として読書をしようと思っていたのだが、

「ノイシャどの、失礼する！」

ノックが聞こえたかと思えば、まもなく扉が開かれた。

そこには体格のいい武人がいた。だけど豪奢な衣装から判断すればもっと高貴な方か。こざっぱりしながらも金色の髪が隣に立った殿下にそっくりだった。

「こら、レディの部屋に無断で立ち入るなど失礼じゃないか？」

「耳が遠くなったのか、兄上。私はきちんとノックもしたし声もかけた。返事が遅いのが悪い」

「お前がせっかちなだけだろう……」

やれやれと嘆息してから、殿下は私に向かっていつもの苦笑を向けてきた。

「いきなりすまないね。紹介が遅くなって申し訳なかったが、彼が自分の弟だ」

「いつ会わせてもらえるのかと待っていたが、一向に兄上は彼女を自分の区画から出そうとしない。だからこうして私から出向いてやったのだ。感謝はされど、文句を言われる筋合いはない！」

——これまた偉そうな人だな。

実際、王太子殿下の弟という王子様なのだから、偉いに変わりはないのだけど。

ともあれアスラン殿下の弟君ならば、そう遠くないうちに私とも義姉弟になる相手である。私も椅子から立ち上がって、一礼を返した。

「ご挨拶が遅れて申し訳ございませんでした。ノイシャと申します」

「ふん、名前など知っている。しかしこれが兄上が無茶を通してまで担ぎ上げたい聖女か……本当にこのような小娘が大それた奇跡を使えるのか？」

上から下まで、訝しげにジロジロと。ローブはとても立派なものを着せてもらっている。だけど体形は一朝一夕では変わらない。細くて小柄な私では、たしかに衣装に着られている子供のように見えてしまうのだろう。

だから聖女の証明として、私は提案した。

「何か奇跡をご披露すれば宜しいのでしょうか？」

「そうだね。この頭でっかちに、簡単なのでいいから見せてあげてもらえないかな？」

簡単なのと言われても、王族に招き入れる価値があると思ってもらわければならないわけで。

――それなりに見栄えのよい奇跡は……。

少しばかり思案してから、私は提案した。

「この王宮を浮かしても宜しいでしょうか？」

『はあ!?』

兄弟王子の声が重なった。柔和な兄王子と厳格な弟王子でタイプは全然異なるかと思っていたが、そうして驚いた顔はまぎれもなく兄弟である。

結果として、王宮を浮かすことはアスラン殿下からやんわりと却下を食らってしまった。

その代わりに雨を降らせて、空に虹をかけたら。

「天候をも操作できるだと……これを有効活用できれば侵略の幅が広がる……」

と、物騒なことを目をギラギラさせて呟きながら、弟殿下はろくに挨拶することなく帰っていったのだ。その大きな背中を見送れば、アスラン殿下は再び「ごめんね」と謝ってきた。

「あいつなりに、いかに国を豊かにできるか一生懸命なんだ」

「実際、私は弟殿下に戦争のためと命じられたら断ることはできないのでしょうか？」

「ノイシャさんは嫌なのかい？」

その問いかけに、私は迷わず頷いた。

「どのような理由があろうと、誰かをしょんぼりさせるための奇跡は使いたくありません」

教会での暮らしが悲惨だったことは、皆さんの反応からさすがの私でも理解している。

それでもどうして司教様を恨みきれないかといえば、それは誰かを害するために私の奇跡を使おうとしなかったからだ。もしかしたら、私の知らないところでズルいことをしていたのかもしれないけれど……それでも直接戦争を起こしたり、誰かを傷つけたりはしなかったはずである。

だったら、それでもいいじゃないか。

たしかに私は毎日ひもじかったけれど、他の聖女の方たちはいつもキラキラ綺麗だったし、街に暮らす人々も毎日笑顔がキラキラしていた。私の労力が誰かのキラキラになっているのなら、それだけで私は頑張る糧をもらえていたのだ――と、そんなこと、アスラン殿下にはもちろん、誰にも話したことがないけれど。こんな私の話なんて、誰が聞いてもつまらないだろうから。

すると、殿下は私の頭をそっと撫でてきた。

「優しいね、すごく。たしかに外界から隠して囲いたくなるくらいに」

その言葉はきっと本音なのだろう。

だけど、続いた言葉は決して優しいものではなかった。

「一応、無理しないでいいとは伝えておく。だけど覚悟しておいた方がいい。その気になればいくらでも、俺らには君の心を動かす手段がある」

「それは洗脳の類ですか？」

「できないこともないけど……そんな人道に反することはしないよ」

そう肩を竦めた殿下は、部屋に誰もいないのに私の耳に唇を寄せてくる。

「たとえば、奇跡を使わないとリュナンの命がない――とかさ？」

一瞬で血の気が引いた。

頭が沸騰するほど熱いのに、芯が凍えるほど冷えたみたいに、上手く言語化ができないけれど。

それでも嫌で。嫌で。嫌で。

たとえ話だってわかっているのに、目から雨が降りそうになる。

最近、雨が嫌いだ。

雨を見るとどうしてもしょんぼりしてしまうから。

私の心に、虹がかかることはない。

――やっぱりあの時、大きな虹をかけ直せばよかったな。

――たとえ『ど阿呆』と言われても、もっと一緒に見たかった。

すると殿下が私のあごに触れてきた。下唇を親指で下げられる。

前にも同じことをされた気がする。

私が顔を上げると、アスラン殿下が柔和に微笑んでいた。

「せっかくの可愛らしい唇から血が出てしまうよ?」

「私の唇が、かわいい……ですか?」

「あぁ。屋敷に居た頃から思っていたけど、みずみずしい果実のようだ」

その時だった。今度は控えめに扉がノックされた。

殿下が「どうする?」と尋ねてくるけど……人がやってきたのに扉を開けない理由などないだろう。私が「どうするとは?」と小首を傾げると、殿下は私から離れてくつくつと笑い出した。

「あははっ、ノイシャさんを口説くには時間がかかりそうだ」

もう結婚式の準備まで始めているのに、今更口説くも何もないのでは?

殿下が「入っていいよ」と外に声をかけると、そこには三名のメイドさんたちが待っていた。

「ご歓談中に申し訳ございません。ノイシャ様の身体を清める時間となりましたが、いかがなさいましょうか?」

「あぁ、長居してすまなかったね」

長居といっても、殿下の滞在時間は三十分も経っていないだろう。その間に弟殿下がいらしたりとかなり忙しい感覚だった。だけど殿下は残ったサンドイッチを口に詰め込んで、

「ほへじゃあ、ふぁあた」

と、私の部屋からあっという間に立ち去っていく。

「ノイシャ様は本当にお肌が綺麗ですね」

「……ありがとうございます」

褒められた時の礼儀として感謝を返しておくけれど、正直私が嬉しいわけではない。できたらその言葉を、コレットさんに伝えたかった。だってコレットさんが毎日手入れを頑張ってくれたから、ここまで人並みになれたんだもの。

元はガリガリで、ガサガサで、髪の毛だってパサパサで。

毎日家事との両立で大変だったはずなのに、いつも笑顔で私の手入れをしてくれた。

『うわ〜ノイシャ様見てください！　ここに絶世の美少女がおりますよ！』

なんて、鏡の前で大袈裟に毎日褒めてくれながら。

だから一通りの手入れが終わって、鏡の前に立っても。

私はあの頃のように「ふひひ」なんて笑えない。

鏡に映る少女はたしかに綺麗だったかもしれないけれど。

細くて、白くて、まるで人形のように覇気のない顔をしていたのだから。

もう私は、笑い方を忘れてしまったようだ。

「だ～もうっ、しつこい！」

「おつかれさん。虫が湧いているって話だっけか」

その日の昼食時、コレットがやたら疲れた様子で食堂にやってきた。

どうやら最近屋敷のどこかに虫が湧くことがあるそうで、その駆除に苦労しているとのこと。

「あとで俺も手伝うぞ。それとも業者に頼むか？」

「あ～だいじょぶじょぶです。たまに湧く程度なので」

実際、その虫とやらを俺は一度も見たことがない。まぁ過去にヤマグチが狩ってきた食材に大量の謎生物が寄ってきた時には、すぐさまセバスが専門家を手配して追い払ったということだ。……どんな謎生物か、どんなに問いただしても口を割ってくれなかったが。

しかし、この手の問題はこいつらに任せておけば問題ないだろう。

ただ、俺のやることがなくなってしまったというだけで。

「……なぁ、やっぱり今から乗り込まないか？」

「ダメです！　どいつもこいつもしつこいですよっ!!」

レッドラ公爵家嫡男・リュナン＝レッドラ。

何度だって言うが、レッドラ家別邸である我が家の主は俺である。

だけど我が家のメイドであるコレットに、今日も俺の提案は拒否られていた。

――そろそろ我慢の限界なんだが。

仕事の日はいい。闇雲に書類を片付け、八つ当たり気味に訓練をし、鬱憤を晴らせるから。

だけど今日のような休みがこうも恨めしくなる日が来るとは思わなんだ。

結婚式の準備をする必要がなくなり、やることがなくなった。

きちんと今まで準備していたものをすべてアスラン殿下が強制的に買い取る形となり、我が家の資金面の問題もなくなった。文句の一つも言わせてもらえないまま、団長経由で多額の金を積まれた俺の気持ちを述べだしたら、とても一日じゃ足りないくらいだ。

「いくら暇でも、とてもぐーたらしようなんざ思えないよな……」

ノイシャのやっほいが聞こえない。

少し前まで当たり前だった日常がこんなにも応えるなんて。

俺はやれやれと嘆息しながら、皿を箸でつつく。

「ところで、朝も似たような料理じゃなかったか？」

「形状は酷似してますが、色はまったくの別物ですね」

さらに心なしか、毎日の食事も質素になっている気がする。

今日の朝食は塩ヤキソバという料理だった。野菜や肉と麺を炒めて、塩で味付けしたものだ。とてもシンプルながらもさすがはヤマグチ。麺のほのかな甘みとモチモチ感が絶品で、少々朝から重たい気がするが文句を言うほどではなかった。

そして昼食の今、俺の目の前にはソースヤキソバが置かれていた。無論、これもヤマグチ特製のオリジナル料理である。果物と野菜とスパイスがふんだんに入ったヤマグチ特製の黒々しいソースの麺料理。具材もふんだんに入っており、目玉焼きまで載っているから食べ応えも十分なんだが……これ一皿。もちろん味付けもがっつりと食べ応えがあって文句のつけようがないのだが……これ一皿しかないのである。しかも、否応にも朝食と近似を覚えずにはいられない。

そんなヤキソバを食堂でコレットと突《つつ》きながら、俺は今日もぶーたれていた。

「セバスは何をしているんだ?」

「今日もカタナを研いでますよ。常に含み笑いをしているので、もう『鮮血の死神騎士《ブラッド・ネクロマンサー》』なんて譬えどころか本当の死霊を呼び出さん勢いで怖いです」

「セバスの人間性を守るためにも、やはり早急にノイシャを取り返すべきじゃないのか?」

俺の問いかけに、コレットはヤキソバをずるずる啜りながらむくれていた。

「万が一でも失敗したら笑い事じゃすまないんですよ? 慎重を期すべきです!」

「だが……たとえ慎重にしようがしまいが、結婚式当日なんざ他国からの来賓も多いだろう? その分警備も厚くなっているぞ?」

すると、コレットがジトッと俺を見据えてくる。

「旦那様は何のために騎士団に所属しているんですか」

「断じて王太子から花嫁を強奪するためじゃなかったはずなんだけどな」

そうは言いつつも、王太子の結婚式の警護など、王立騎士団においてここ一番の働き時である。

そのため緻密に練られている警備配置や巡回時間など、すべての仮スケジュールや人材配置はすでに頭に叩き込んである。もちろん今後当日が近づくにつれて変更があるだろうが、そこは副団長という立場を大いに利用して、全部俺を介して団長に報告するよう伝令済みだ。

いつもより率先して前に出ようという俺に、団長は何かを察しているようだけど。

やはり何も言わずにいてくれるので、すべてが丸く片付いたらいい酒でも贈ろうかと思っている。

……丸く、片付いたらな。

だけどそんな覚悟を知らないコレットはいつもの調子だ。

「コレットちゃん、これでも怒っていてですね？」

「おまえが俺に怒っているのはいつものことだろ」

「違いますよ。ノイシャ様に、です」

俺は思わず目を丸くした。

「意外だな」

「そうですかね。だって今回もわたしたちにだんまりで出て行ってしまったんですよ？　少しくらい……相談してくれてもいいじゃないですか」

ノイシャが家から出ていくのは二回目だ。前回は王都の真ん中で『三分聖女』という危険しかない仕事を一人で始めたため、即座に迎えにいった。その時にコレットは反対するどころか、慌てこそすれ怒りなど露わにしていなかったはずだ。

だけど、今回は違うらしい。

「そりゃあ、こんな残念極まりない旦那様には相談しても意味ないかもしれないですけど!?」

「おい……」

「でも、コレットちゃんにならいいじゃないですか！　お姉ちゃんですよ！　わたしはノイシャ様のお姉ちゃんだって言ったら、あんなに嬉しそうにやっほいしてくれていたのに……」

コレットが箸を置く。よく見れば、その手が小さく震えていた。

「わたしは全然信用してもらえていなかったんだなぁ……」

こんなに目に涙を溜めたこいつを見るのは、何年振りだろうか。

こいつが駆け落ちしようとするも失恋して、迎えに行った時以来か？

だからこそ、俺は知っている。

こいつが泣きっぱなしで終わるはずがない。

「それでも、迎えに行くことは行くんだな？」

「当然じゃないですか！　そりゃあ、直接断られたら、さすがのコレットちゃんもしょんぼりモード入っちゃいますけど……でもわたしノイシャ様のこと大好きですもん!!」

コレットがテーブルを叩いて立ち上がる。箸が落ちても関係ないらしい。

「当たって砕けろ！　まぁ砕ける前に口説いてみせるけどな！　てやつです！」

「勇ましいなーおい」

俺が苦笑しながらテーブルの下に潜ってまで箸を拾ってやるも、コレットはひとりで語る。

「ま、可愛い子には旅をさせよともいいますからね。前回とは違い、今回の行き先は王宮。そして王太子妃として迎え入れられたわけですから。この国最高級の衣食住の提供は保証されているわけです。身の安全は保障されていますから」

そして、コレットは唇を嚙み締めながら言った。

「だから、少しは一人で考えたらいいんです。本当にわたしたちが必要なのか、要らないのか――これで要らないって言われたら、すっぱり諦めましょ。その時はわたしが旦那様の奥さん代わりでも務めてさしあげますよ」

「それは御免こうむりたいな」

最後の軽口はともかく、ノイシャの身の安全についてはコレットの言う通りだった。

前回と今回の家出で違うのは、まさしく安全性。

どれだけ好待遇を受けているのだろうか。万が一を考えて城の牢や監禁できそうな場所を一通り調べたが、怪しげな場所に連れて行かれた形跡はなかった。

話によれば、きちんとアスラン王太子が管理を任されている王宮区画で好待遇を受けているとのこと。多くのドレスを贈られ、十数人の使用人に世話をされ、結婚式の日までのんびりとした隠居生活を過ごしているらしい。

……どうしてそんなことを知っているかと言えば、皮肉にも城で働いている以上、嫌でも家出していた王太子が新しい妻を連れ帰ってきたなんて噂が耳に入るものだ。俺はただ、その噂が正しいことを確認したにすぎない。

まぁ、どんなに快適なぐーたら生活を満喫していたとしても。

ひとりで、どんなことを考えていようとも。

ノイシャ本人から直接話を聞くまで、俺は納得するつもりないんだが。

「だからといって、王太子の結婚式を妨害かぁ」

「なぁに、旦那様。怖気づいてます？」

そのおちょくるような疑問符を、俺は「いや」と鼻で笑い飛ばす。

「毎日真面目に働いていたはずなのに、サボりどころじゃ済まない悪党になったもんだと思ってな」

「ちょっと悪い男のほうがモテるらしいですよ～」

俺は改めて箸を手に取る。

「ノイシャ以外の女にモテたって何の意味もないだろ」

「かあ～っ！　イイコト言っているはずなのに、めちゃくちゃムカつく～!!」

ちなみにその日の夕飯はヤキソバパンなるものだった。

さすがにヤマグチに文句をつけたところ、夜な夜な裏庭から雄たけびをあげながら抜刀と試し斬りを繰り返す死神騎士《ネクロマンサー》が出現するため、寝不足で体調不良が続いているとのこと。

やっほい不足はおそろしい。

「聞いたよ、上下水道の管理の講習を行ったんだって？」

「はい。事前にご連絡した通り、アスラン殿下のお名前を借りて無事に一通りの伝達事項はお伝えできたかと思います。聖女の皆さんの覚えもよかったため、今後はよほどのことがなければ私の出る幕はないかと。監督してくださった弟殿下からもお褒めの言葉をいただきました」

王宮へ来て数週間。特にやりたいことなど何も思い浮かばないが、ひとつだけ心残りがあった。

それが王都の上下水道の整備である。

王宮から出ることが許されない以上、私が直接整備することは叶わない。地下水道で出会った手前、アスラン殿下も私と水道の関係性は承知だと考え、心配な旨を相談したところ……今後のことも鑑みて、ヴェールで顔を隠したままという条件付きで、王城が所有する全聖人・聖女に対して直接講義をする機会を与えてくれたのだ。

レッドラ家での会議と同じように空中に板書をしていたら、とても驚かれてしまったけれど……殿下に報告した通り、結果的には上手く行った。講義後の質疑応答にもすごく真剣な質問ばかりがきて、久々にやっほいできたくらいだ。

なのでやっほいな機会をくれた殿下に「ありがとうございました」と感謝を告げに殿下の執務室を訪れれば、殿下はいつもの柔和な笑みを返してくれた。

「それはよかった。ノイシャさん、けっこう弟とも仲良くしてくれているよね？」

「そうでしょうか……ですが王都以外にも水道設備を広げたい旨を進言したところ、話を濁されてしまいました」

「それは、あいつならそう判断するだろうねぇ」

殿下があやふやに苦笑するということは、また戦争などあまり明るくない方向性の話なのだろう。ならば深掘りしない方がいいかと、私は「それでは失礼します」と執務室を立ち去る。

王宮での生活も、とても充実していると思う。

最近は少しずつ、こうして王宮内を自由に歩く許可をもらえるようになった。もちろん常に侍女の誰かがついてきたり、人の目がある状態だけど……警護の人たちにも少しずつ『大聖女様』と挨拶をしてもらえるようになってきて、ちょっとだけやっほいしている。

アスラン殿下は私からの意見をないがしろにすることもないし、弟殿下も少し危なっかしいところはあるが、概ね好意的にとらえてくれているようだ。国王陛下や妃殿下にもご挨拶させてもらったが、無理な婚姻に同情的でこちらが申し訳ないくらいだった。いくら同情的でも、この婚姻をやめさせようという意思はないようだったが。

それに、どんな時もずっとヴェールを被っていられるのはラクだった。無理やり笑う必要はない。

無理に話す必要もない。私のペースで生活させてくれるし、まわりの人たちだって表向きは優しい。

「これで良かったんだ。これで……」

「大聖女様、いかがなさいましたか？」

「あっ、なんでもないです……」

思わず独り言が漏れてしまったらしい。言葉はヴェールで隠せないから気を付けないと……それとも防音の奇跡をかけてもいいかもな。そうすれば、必要な時以外は独り言もまわりを気にしなくてよくなる。

――それはいい案かもしれない。

そうすれば、私は私の中だけでも、私で居られるのだから。

ヴェールを加工するにも、一応アスラン殿下に許可を取った方がいいだろう。そのため殿下にアポイントメントを取ろうとしたところ、夜に私の部屋まで来てくれることになった。

だから、私は再び手帳を眺めて待っていたのだ。

○それに、王族のほうが公にノイシャの生い立ちを追うことができる。

「これはどうでもいいなぁ」

「そうかい？　自分はものすごく気になるけれど」

「どうしてですか？」

アスラン殿下が部屋に入ってきたことには気が付いていた。だけど身振りで動かないでいいと言われたので、そのまま眺めていたのだが。

しっかり手帳は覗き込んでくるらしい。殿下は私の座る椅子の背もたれ越しに身を乗り出しては、疑問を投げてくる。

「自分の発祥がどこから来ているのか、気になるものじゃない？」

――普通はそうなのかな？

私が腑に落ちずにいると、殿下は補足とばかりに言葉を並べた。

「それこそ自分の親がどんな顔や人柄をしているのか、とか。ノイシャさんの場合なんか特になぜそんな大きな奇跡を行使できるのかとか……興味は尽きないと思うのだけど」

そんなことを言われても、私に親はいない。

明確にいえばこの世に存在している以上、私を生んだ母と父となった相手がいないはずはないのだけど……さすがの私も生まれた直後の記憶はないし、物心がついた時にはすでに教会で暮らしていた。過去に気になったことがないかと聞かれたら一瞬くらいはあったかもしれない。しかし目まぐるしすぎる日々に、そんな感傷は遠いどこかへ捨てなければ生きてこられなかったから。

珍しく心に擬音語が浮かんだので、私はそれを口にする。

「……きょとん」

「本当に……君は聖女として必要なモノ以外に何も持たされてはいないんだね」

やっぱり苦笑されてしまった。いまさらしょんぼりもしない。

それよりも、殿下は「隣の椅子を借りるよ」と座るやいなや、すぐさま紙とペンを取りだしていた。少し嬉しそうにペンを持っては、だけど一文字も書くことなく三分ほど固まっている。

だんだんと表情が曇ってきたアスラン殿下に、今度は私が尋ねてみた。

「殿下は何をなさっているのですか？」

「ノイシャさんを見習って、少しずつでも趣味を始めようと思ったんだけどね……」

「なるほど？」

私は手帳の前のページに戻って確認する。

アスラン殿下は物語を書くのがお好きだと以前お話しされていた。

だからこのわずかな時間にアスラン殿下なりのぐーたらをしようとしたようだ。

しかし、ぐーたらは一日にしてならず。どうやら筆が進まないらしい。

僭越ながらぐーたら先輩として、私は助言をしてみることにした。

「創作活動はひとりでなさった方が捗るかと思うのですが」

「そんな酷いこと言わないでくれよ。これでもノイシャさんと少しでも仲良くなりたいと思って頑張っているんだから」

――私と、仲良く……？

だって私たちは政略結婚。そこにお互いを思う感情なんて要らないはずである。

だから再び「きょとん」を返せば、殿下はペンで頭を掻いてから立ち上がった。

「そうだね、自分だけノイシャさんのこと全部知っているのは不公平だよね」

私はアスラン殿下に腕を引かれる。落としてしまった手帳を拾わせてくれなかった。

――落としたことを、殿下も気が付いていただろうに。

そして連れて行かれた先は、殿下の執務室。

ここは先ほども訪れた普通に書類の束が山積みの部屋だが……私が通されたのは、さらに奥の殿下の私室。その部屋に入って、私は思わず呆然としてしまう。

だってその壁一面に、同じ女性が描かれた写実画がこれでもかと飾られていたのだから。

「彼女がね、俺の前の婚約者だった人」

アスラン殿下が「引いたかい？」と尋ねてくる。

私はその質問に答えず、別の言葉を返した。

「この方を看取る直前に……私も少しだけお会いしています」

黒髪がたおやかな女性だった。どの写実画も背筋をまっすぐに伸ばしていて、赤い瞳が凜々しくもどこか可愛げもある……そんな素敵な方。それは死する直前も同じで、もう病が進み切ってしまい痛みを取ることしかできなかった私に「ありがとう」と言ってくれたくらい。

「そうだね。苦しいままで終わらないように、痛みを取り除いてくれたのがノイシャさんだったね」

そんな女性を見上げるアスラン殿下は、今までで一番優しい顔をしていた。

「あの時は、本当にありがとう。ノイシャさんのおかげで最後に少しだけ彼女と話ができたんだ」

その時、私は一時しのぎの治療を終えて、すぐに部屋を後にしていた。

ただ私が知るのは、あれからまもなく彼女が息を引き取ったという事実だけ。

「俺と彼女はしょせん和平のための政略結婚。だけど俺は聡明で少しわがままな彼女が大好きだった。俺はなんて恵まれているんだと神に感謝すらしていたのに……世の中は非情だね。彼女は流行り病にかかり、あっという間に天へと旅立ってしまった」

「ローダンセの花を贈ってくれた女性も、婚約者さんだったんですか?」

「よく覚えているね」

そう苦笑する殿下は、ただ恥ずかしさをごまかす少年のようで。

「俺ね、本当に新しい妻なんて娶るつもりなかったんだ」

新しい妻となる女の前で、まるで懺悔のようだった。

「それりゃあ王位を継ぐ以上は世継ぎの件もあるから、王位ごと諦めようとした時もあったんだけど……頼りの弟がさ、あんな好戦的だから。さすがに任せるには不安があるというか」

それは正直、私も同意である。

隙あれば武力における国力の拡大を図る王様は、いち国民としてとても怖い。

国力の増強を図ることはとても良いことだけど、もっと他の方法だってあるはずだ。

そんな王様の国で、私はぐーたら暮らしたかった。

「そんな時、ノイシャさんと出会った」

――このひとだったら、そんな王様になってくれるのかな？

「初めは君の言った通り、リュナンの心を射止めたお相手を単純に見定めにいったんだ。どうせ奇跡も大したことないだろうと、孤児であるノイシャ＝アードラを王妃になんてとんでもないという烙印を押すためにね」

――人々が幸せぐーたら生活を送れるような王様になってくれるのかな？

――これからも自分の心を殺しながら。

「そうしたら何てことだ。奇跡は本当に規格外だし、知識も豊富で頭の回転も速い。人格には少々問題があるけど、その無垢な善人性は『聖女』としてなら長所でしかない」

ご自分に自信があるのだろう。そんなひとからの賛辞は胸に沁みる。

しかし、やはり生まれながらの王族だからだろうか。少々傲慢なところが目に余ることもある。

「リュナンが持つには危なすぎるものだ。だったら俺が貰い受けたい。俺ならもっとうまくやれる。リュナンにも、ノイシャさんにも、相応しい環境を用意してやれる」

それでも私はこのひとが嫌いにはなれなかった。

私を含め人の悪いところを注意するという嫌われ者に徹しようとも。

誰よりも周りの人を大切に思っている、このひとを。

「だからノイシャさん。俺と結婚しよう。そして俺の隣で、どうかこの国を支えてほしい」

両ひざをついたアスラン殿下が、両手で私の手を握ってくる。

私に恋慕を抱いているわけではない。国を支えるパートナーとして、私は選ばれただけである。

共に心を殺してくれる相手を、私に求めている。

——本当にずるいひとだなぁ。

だからこそ、亡き婚約者を忘れられないという思いを晒してくれた。

「ノイシャさんという存在にも、ちゃんと好意を抱いているつもりなんだ」

これが今の彼が私に贈ることができる、一番真摯な言葉なのだろう。

それがひしひしと伝わってくるからこそ。

私の語彙力では、何も言葉を返すことができなかった。

それでも私の薬指にそっと嵌められた指輪は悲しいまでにキラキラ輝いていて。

その求婚を聞いたあとで、自室に戻った私は落ちていた手帳を拾う。

そして殿下からの話の中で、一番しょんぼりなページを開いた。

〇なにより、ノイシャがリュナンのそばに居る場合、リュナンの命が危ない――ノイシャが未亡人になれば正式に他の貴族が娶れてしまうのだから。


――私がそばにいたら、リュナン様に危険が及んでしまう。

「だから、諦めなくちゃ」

たとえ私が二度とやっほいできなくても。

私の知らない場所で、あなたがやっほいしてくれれば……それだけで私はやっほいだ。

……やっほいなんだから、私が泣く必要なんてない。

「諦めなくちゃ」

今日の夜空はきれいだった。

人が指輪を渡す時には星空でなければならないと、そんな決まりでもあるのだろうか。

嫌でも、私はリュナン様に担がれて屋根に上がった時のことを思い出してしまう。

だから私は、すがる思いで尋ねた。

「そうでしょ、神様？」

教会に居た頃は何年も、毎日あんなに祈りを捧げていたのに。

神様は何も私に応えてくれない。

ただの一度も、応えてくれたことはない。

「どうか、雨を降らせてください」

私は手帳を捲って、『家族』のページを開く。
・セバスさん↓みんな家族。
・コレットさん↓コレットさんはお姉ちゃん♡
・ヤマグチさん↓うす！
・リュナン様↓当たり前。
神様は空から雨を降らせてくれないけれど。

私の目から落ちた雨が、『当たり前』の文字を滲ませる。


結婚式まで、あと一週間だ。


俺は結婚式の招待状を破り捨てる。

誰の結婚式かって？

決まっているだろう、アスラン殿下と『大聖女様』の結婚式だ。

どうやらノイシャの名前は今後も伏せておくらしい。女神が今世に遣わした御子に名前などないとのこと。まったくもってふざけている。それは結婚式じゃなく、新しい王家の力を見せつけたいだけじゃないか。

――しかも俺から花嫁を奪っておいて、俺にも祝いに来いだと？

まぁ、王族としても王都近辺で暮らす従弟の公爵家嫡男を招かない理由がない事情もわかる。

だから、是非とも参加させていただこうじゃないか。

「いざ決戦じゃあああああああああっ！」

俺の叫びに、コレットが口笛を吹き、ヤマグチが拍手をする。

やる気は十分。もちろんセバスも「ククク、何人が私と鮮血のダンスを踊ってくれますかな」とやる気が漲りすぎて十歳は若返ったように見える。

そう――決戦は明日。

屋敷の中もがらんとしていた。当然だ。王家から花嫁をぶんどりに行くんだ。しかも『大聖女』なんていう国家シンボルを。いくら公爵家という肩書があろうとも、明らかな反逆である。ノイシャを奪還した直後に屋敷を捨てて、そのまま遠くへ高飛びするつもりだ。

だから必要最小限のものだけ荷物をまとめた。極力身バレしないように策は尽くすつもりだが、作戦の痕跡が残らないように怪しく思われそうなものはすべて処分した。公爵家嫡男が姿を眩ます以上、疑いは避けられないが……頃合いを見て、屋敷ごと燃やすつもりだった。中に遺体の偽装となるような動物の骨など仕込ませて。

あとは野となれ山となれ。だけどその前に、俺がやるべきことがあと一つ。

「セバス、コレット、ヤマグチ、これを」

俺は三人それぞれに書状を渡した。

「こんな盛り上がっている時になんですか～？　ラブレターなら下駄箱にいれ、て……」

いつも通り馬鹿を言っていたコレットの戯言が止まる。

「解雇、通知……？」

「あぁ、今まで世話になったな」

これはノイシャがいなくなった夜には準備していたものだった。

使用人三人の解雇通知。今日限りで、俺はこいつらと縁を切る。

――当然だろうが。

文句を言われることはわかっていた。だけど……巻き込むわけにはいかない。

捕まれば、極刑を免れない大罪だぞ？

俺一人なら、公爵家嫡男及び騎士団副団長という立場でまずは捕縛、その後に事情聴取の時間もあろう。だけど、こいつらは？　不法侵入の時点で斬り捨てられてしまう可能性だって少なくない。

ここまでの準備を手伝ってくれただけで充分である。今までの恩をまるで返せていないのが忍びないが、いつか事が落ち着いたら、ノイシャと一緒に会いに行こう。

それを心の支えに、大切なこいつらに別れを告げようとしたら、

「ど阿呆っ！」

思いっきりゲンコツを落とされた。

……正直、コレットに殴られる覚悟はしていたんだ。だけど、コレットがこぶしを振り上げた体勢のまま、隣を見ては固まっている。

だってセバスがこぶしを振るわせたまま、今まで見たことがないくらい激昂していたのだから。

「今までも残念な男だと思っておりましたが、ここまでどうしようもないど阿呆だとは！　ふざけるのも大概になさい！　私らを何だと思っている!?」

脳天がめちゃくちゃ痛い。思わずしゃがみこんで頭を押さえているものの、一向に痛みが治まる気配がない。耳鳴りがする始末だ。気絶しなかっただけ奇跡である。

そんな中で、俺は懸命に言い訳を口にする。

「だ、だが、おまえらが殺されでもしたらノイシャも――」

「黙らっしゃいっ！　私らが殺されるわけがないでしょう！　そして安心しなさい、この私が、あなたもコレットもヤマグチも、もちろんノイシャ様にも傷一つ付けさせません!!　この『鮮血の死神騎士《ブラッド・ネクロマンサー》』の名に懸けて！」

そしてセバスは剣を抜く。

すらりとした片刃の剣先を、屈んだままの俺の首元に添えた。

「いますぐ解雇を撤回しろ。さもなくば、貴様の命はない」

「それじゃあ本末転倒だろうが!?」

思わず叫び返せば、俺の首が熱くなる。どうやら少し切れたらしい。

——こいつ本気かよ！

ここでセバスに殺されるか。皆でノイシャを奪還しようとして殺されるか。

——これしか選べんだろ。

俺は降参とばかりに両手を上げる。

俺が死んだら元も子もない。

俺が生きていなければ、ノイシャと幸せになることも叶わないのだから。

「すまなんだ。解雇は撤回する。……ったく、俺の家臣は本当油断も隙もないな」

「それはこちらの台詞ですよ。生真面目も大概にしてください。何度首を落としても足りない」

「だから主の首を落とすなよ？」

「それは貴方様次第でございますな～」

嘆息したセバスが、俺が三人に渡した解雇通知を目にも留まらぬ速さで斬り捨てる。その後、ようやく剣を鞘へ戻してくれた。粉々になった紙屑を見て、本当にそれが俺の首でなくて良かったと思わざるをえない。

俺が安堵の息を吐けば、真顔のコレットがメイドらしくハンカチで俺の首元を拭ってくる。

「もう少しわたしの精進が足りていたら、わたしがこの首を落としていたのに」

「怖い怖い」

「今度こんなことがあったら、絶対にコレットちゃんが仕留めますからね♡」

「だから主を仕留めるなよ」

俺が再び「悪かった」と告げれば、ようやくコレットはにっこり笑う。

そして、俺は顔を上げる。

すると、目が合ったヤマグチが頬を膨らませて両手を頭の横に添えた。

「激おこぷんぷん」

「…………」

あまりの破壊力に、俺の心臓が三秒は止まったように思えた。

一番……強力な一撃である……。

いい歳の男の『ぷんぷん』に目の前が真っ白になりながらも、俺はなんとか言葉をひねり出す。

「……なんだその言葉」

「ノイシャ様に教えたら、とても可愛いと思います」

言われて想像する。たとえヤマグチが頬を膨らませてもまるで可愛くないが、これがノイシャだったら？　怒った時に『激おこぷんぷんっ』とぷんぷんしてきたら？

「よくやったヤマグチ。ぜひそれをノイシャに教えよう」

「わかりました。指南しておきます」

「でもおまえは二度とするなよ」

「…………うす」

——やりたかったのかよ!?

俺は一息つきながら立ち上がる。

「なんか、せっかくの空気が白けたな」

「誰のせいですか、誰の」

「俺はすごくシリアスだったろ」

文句を言ってきたコレットに半眼を向ければ、彼女はぽんと手を打った。

「それじゃあ、円陣でも組んでみます?」

「いや、それは後にしよう」

コレットがぶーたれる前に、俺は理由を話す。

「だっておそらくノイシャは円陣を組んだことがないだろ?」

すると、今までイライラしていたセバスまでも小さく笑っていた。

コレットがそんな父親と腕を組んでいる。

「やっほいしてくれますかね?」

「間違いないな」

「でもミッションクリアの後に円陣っておかしくないですか？」

「たしかに」

それならノイシャを奪い返した後に何をするか？　『ぷんぷん』もまた違うしな。

思案していると、やっぱりヤマグチは突然ぼそりと話し出す。

「胴上げなどピッタリでは？」

その提案に、俺らはぴったりと声を合わせた。

『それだ！』


決戦は明日。

俺はみんなで、必ずノイシャを取り戻す。

第五章　女神様のおともだち

「それでは、ご武運を」

王城はずれの森に馬車を停める。もちろんそれはノイシャ奪還後、急いで逃げるためのものだ。

その隠ぺいと死守の役目はヤマグチに任せる手筈になっていた。

「いいかヤマグチ。定刻までに俺らが戻らなければ、ひとりで――」

「城を炎上させればいいいんですね。大丈夫です。フランべは得意です」

……たしかフランべとは、料理技法のひとつだったたか。

ともあれ俺は決して城を調理してほしいなど欠片も願っていないのだが、どうせ何を言っても聞かないだろうと諦めることにした。俺らが失敗しなければいいのだ。うん。

というわけで、潜入するのは俺、セバス、コレットのいつもの三名である。

「てか、この恰好どうにかならないのか？　頭がデカくて枝がぶつかりまくるんだが」

「我が家で一番強固な防具ですから、一石二鳥ですね」

「……おまえらもその仮面、見づらくないのか？」

「片目を潰されても平常時と変わらず動ける訓練、旦那様も一緒にしたじゃないですか」

「あの十歳くらいの時のやつな」

いつ如何なる時も、俺らが揃って会話が止まることなどないらしい。

森の中を駆け抜け、城外を守る衛兵のわずかな隙を縫って城壁を飛び越える。城壁は常人ならば到底飛び越えられない高さだが、そこはセバスとコレットだ。少し速度を上げたセバスが両手を組み、それを足場にコレットが空高く跳び上がる。もちろん城壁の上にも警備は配置されていた。だけどわずかな物音の後、コレットは何食わぬ顔でロープを下ろしてくる。鎮圧が完了したようだ。

「あいつ一人で陛下の寝首も取って来られるんじゃないのか？」

「そのくらいメイドならできて当然の教育は施してますぞ」

「だからおまえら怖《こえ》ーんだよ」

そんな戯言を吐きながらも、俺がロープを頼りに壁を登ろうとする。

だけど城を守る兵士らも前だけ向いている木偶の坊ではない。

俺が慣れない恰好で枝でも踏んでしまったのか、その首がこちらに動こうとした時だった。

「もう、わたくしを出迎える兵がこれだけってどういうこと!?」

貴婦人らしい高貴な言葉が門の付近に響き渡る。

正直確認する暇などない、俺はロープを摑む手に力を込めるも。

――ばかやろう……。

その声の主が誰かわからないほど、俺はそいつらと知らない仲ではなかった。

案の定、高飛車な女性を宥める気弱な男の声にも覚えがある。

「ほらラーナ、そんなワガママ言わないの。ただでさえ人目に付きたくないからってこっちの門からの入場を許可してもらっただけでも有難いんだから」

「バルサが余計な気を回したからでしょう？　なんで侯爵家の人間がこんなコソコソと……ほら、そこの兵士、ちゃんとわたくしの話を聞いておりますの!?」

俺が途中で止まっていると、ロープがつんつんと引っ張られる。見上げるとコレットが仮面越しに「早くしろよ」と俺を睨みつけていた。

俺は思わずこみ上げてこようとする何かに気付かぬふりをして、壁を手早くよじ登る。

概ね、最近仕事中に針の筵であるラーナが気まずいから、より人が多く集まる結婚式の開始まで、別室の待機場所を用意してもらったとか……そんなとこなのだろう。

そんな特例を願い出れば、より周囲からの目が厳しくなることはわかっているだろうに。

「しかも絨毯もないじゃない！　わたくしはヒールを履いているのよ。折れて転んだらどう責任をとってくれますの？　あなた方ごときの給料で賄えると思っていて？」

あいつらは、まさにタイミングを計ったようにこの場所で、軽い騒動を起こしてくれた。

たしかにラーナは気が強い女性だったが、こんな理不尽な要求をするような人ではない。

俺が城壁の上に到着すれば、そこには三人の兵士が眠りこけていた。コレットが麻酔針で昏倒させたのだろう。俺がそんな目視をしている間に、セバスもあっという間に追いついてくる。

「誰があいつらに助けを？」

「誰も助けなんて乞うてませんよ？　ただ最近湧いていた『虫』がどうしても何かしたいとうるさかったから、こんなことしてくれたらちょっとはありがたいかもと追い払っただけで」

「それをどうして俺に報告しないんだ？」

セバスが何も言わないということは、コレットもセバスには報告をしていたのだろう。

主を蔑ろにするのはいつものこととはいえ、どうしてこんな大事なことを……。

もしも俺らへの助力がバレた場合、当然彼女らも罪に問われるだろう。そうすればただでさえ悪評が回っていたラーナなどいよいよお終いだ。即座に侯爵家は彼女を家から追い出すに違いない。

……いや、それで済めばいい方だろう。

俺がコレットを睨んでいると、彼女は少し仮面をずらして門のあたりを確認していた。

「だって『怪我させたわたしへのお詫び』ってことでしたから……と、見事にご自身の悪評を広めてくれているところで、わたしたちも行きましょうかね」

ほくそ笑むように鼻で笑い飛ばしたコレットが、仮面を戻して踵を返す。

俺も立ち止まっている暇はない。セバスとともにコレットのあとを追う。

「待機場所には軽食も用意しているんでしょうね？　ちゃんと一口サイズに切っておいてちょうだいよ。化粧がとれたらどうしてくれるつもり!?」

不自然に傲慢なラーナがどんどん遠ざかっていく。


「すごく綺麗だ、ノイシャさん」

「ありがとう、ございます……」

花嫁衣装は新しく用意してくれていた。純白と金の糸が織り混ぜられた、これまた神聖さを感じさせるドレスだ。もちろん顔周りもヴェールで隠され、遠くからは私が小柄な聖女ということ以外何もわからないだろう。

私の顔も。髪の色も。何もかも。

――せっかくメイドさんたちが綺麗にお化粧もしてくれたのにな。

どうせ見えないのに、ヴェールの下はとても綺麗にしてもらっていた。髪もすごく丁寧に編み上げられており、少し長く伸びていてよかったとすら思った。

浮かない返事をしたせいか、アスラン殿下が近寄ってくる。

「どうした？　結婚式が怖い？」

「いえ……私に化粧などしてくれなくても良かっただろうに、と」

「どうせヴェールで見えないから？」

「はい」

　すると、殿下がまた苦笑した。

「誓いの口づけの時に、俺はヴェールをあげてノイシャさんの顔を見るんだけどな」

「……そういや、そんな工程もありましたね」

「はは、その反応はけっこう傷つくなぁ」

　傷つくと言いながら大笑いしているアスラン殿下は、どうやら私を迎えに来たらしい。

「それじゃあ、憂いもなくなったところで行こうか」

　いよいよ結婚式本番だ。

　こんな急遽執り行われることになった挙式だというのに、多くの人が集まっているらしい。それでも王族の結婚式にしては少ないらしく、私の案も取り入れることになったということ。

　殿下の腕に、私は手を添えた。それは事前に教えられた入場の態勢だ。

　式場までの通路を歩きながらも、殿下の言葉数は減らない。

「それにしてもノイシャさんのアイデアはすごいね。まさか教会から押収していた水晶を使って、結婚式の映像を遠隔地でも見てもらえるようにするなんて」

「元からその技法はコツさえ摑めば簡単なものでしたので。あらかじめ送信用と受信用の式をそれぞれ刻んでおけば、少しマナを流すだけです」

「そういった発想はどこから出てくるの？」

――そんなことを聞かれましても。

不便があれば、自分でどうにかする。教会に居た頃はどんなに苦しくても、誰にも助けてもらえなかったから。おそらくそうした日々で身についた生きる知恵だと思うが。

「わかりません」

下手に同情されたくないから、私は言わないでおく。

だって、これからの私は『大聖女』。

『らぶらぶ奥さん』でも『三分聖女』でも『やっほい娘』でもなく――『大聖女』。

――その大それた称号に、同情など要らないでしょう?

「さぁ、大聖女様のお披露目だ」

長い通路を抜けて、扉が開かれる。

挙式は王城の屋上で行われることになっていた。

大聖女は天に住まう神が遣わせし御子だから。人間と婚姻を結ぶ儀は、ぜひ神にも報告すべきだろう……という建前らしい。ただ青い空の下で少し変わった式を厳かに挙げた方が『それらしい』という案でしかないとのことだが。

私たちを歓迎すべく、白い鳩が飛んでいく。

頭上の澄んだ青空も、演出の鳩も、どれも多くの聖女たちの祈りで叶えられたものだ。

――ご苦労だなぁ。

そんなことを考えながら、私は多くの拍手に出迎えられる。

今日は空が晴れていた。国で一番青い空、神様に近い場所。そこに飛び交う白い鳩。豪奢でカラフルな衣装を身に纏った来賓客たち。もちろん足元には踏むのも惜しいくらいの白い絨毯が敷かれており、その脇は白と緑の草花で牧師が待つ御堂まで飾られている。その光景は紛れもなく綺麗なはずなのに、そのすべてが色あせて見える。

二人で一礼したのち、一歩一歩ゆっくり進みながら、私は視線だけで来賓たちの顔を見ていた。どことなく見た覚えのある人がたくさんいる。今まで教会で接客した人たちである。その中にもっと馴染みのある貴族夫婦もいた。ラーナ様とバルサ様だ。

——やっぱりラーナ様は綺麗だなぁ。

式典だからか、以前よりお化粧も濃いような気がした。なぜか目つきも少し悪く見える……も、どうしてあんなに辛そうな顔をなさっているのだろう？

——あとでお話聞けるかな？

挙式が終われば、そのまま王位継承の儀が始まるらしい。どうやら『大聖女』との婚姻を名目に、そのまま王位も継いでしまうことになったそうだ。国王陛下もまだまだお元気なのだが、元気なうちに後方に回り、国を支えていくのだという。

その後、披露宴というパーティーも開かれるらしい。その時は来賓たちと順次挨拶をする時間となるとのこと。きっとラーナ様たちと話す時間だってあるはずだ。

――その時に、どれだけ私的な話ができるかわからないけれど。

ラーナ様に困りごとがあるなら、どうにかしてあげたい。

そんなことを考えながら、もっと会いたい人の顔を探す。

もしかしたら警備の方にいるのかも、と視線を向けても、知っている顔は片目を閉じてくる騎士団長さんくらいしかいなかった。

――リュナン様……。

公爵家の嫡男ということで出席するはずだと聞いていたのに。

――お会いしたかったなぁ。

――でも、嫌われて当然だよね。

あんな恩を仇で返すような真似をして屋敷を出てきたのだ。

きっと私の顔すら見たくないのだろう。

――どのみち私の顔は見なくて済んだのに。

決して披露されることはない化粧された私の顔は、ずっとヴェールに隠されている。

苦笑しているうちに、牧師の前に着いたようだ。

結婚式開始の宣誓がなされる。

入場の仕方こそ慣例と異なっていたとはいえ、あとは一般の挙式と変わりない。

以前板書した、新郎新婦の入場が終わった後の手順を思い出す。

・賛美歌斉唱
・聖書朗読・祈禱
・誓約・誓いの言葉
・指輪の交換
・誓いの口づけ
・結婚成立を宣言
・結婚証明書に署名
・夫婦の証明の契約印づけ
・結婚成立の報告・閉式の辞
・退場

夫婦の証明の契約印だけ、牧師ではなく私が『大聖女』として行うことになっている。

その時の印も王家の紋とのことで目に焼き付けておいた。

なので、あと私がやることといえば、誓いの言葉で『はい、誓います』と言うだけである。

——簡単な仕事だよね。

三分もかからない。ちかいます、その五文字を言うだけ。

そうだ。それを言うだけ。

あとはすべて促されるがままに動くだけ。

指輪の交換も。

誓いの口づけも。

全部アスラン殿下が誘導してくれるだろう。

私はたった五文字を言うだけで、それで――

牧師がアスラン殿下に尋ねていた。

「新郎アスラン＝ジョゼ＝アルノード、あなたは大聖女を妻とし、健やかなるときも、病めるときも、喜びのときも、悲しみのときも、富めるときも、貧しいときも、妻を愛し、敬い、慰め合い、共に助け合い、その命ある限り真心を尽くすことを誓いますか？」

「はい、誓います」

アスラン殿下は何の躊躇いもなく答えた。

次は私の番。

『誓います』と言うだけの、簡単なお仕事。

「新婦、あなたはアスラン＝ジョゼ＝アルノードを夫とし、病めるときも健やかなるときも、愛をもって互いに支え合うことを誓いますか？」

――はい、誓います。

そう答えなきゃならない。ならないのに……。

――どうして、私の口は動かないの？

たった五文字。三分もかからない、たった五文字を言うだけの仕事。

――さぁ、仕事を始めよう。

何度も心の中で唱える。

――さぁ、仕事をしなくっちゃ。

「ノイシャさん？」

小さな声で、ずっとだんまりの私をアスラン殿下が心配してくる。

早く仕事をしなくては。

――さぁ、仕事をするんだ！

――仕事をしなくちゃ、いけないのに！

何度も。何度も。

何度、自分を奮い立たせても、私はたった五文字が言えなかった。

「神様に……嘘は吐けません……」

「ノイシャさん……」

仕事ができないことは初めてだった。今まではどんなに辛くても、悲しくても、『さぁ仕事だ』と頑張ることができていたのに。初めて頑張れない。どうしても頑張ることができない。

「私は、聖女だから……」

奇跡は、神様にマナという対価を式という形で届けて、初めて行使されるものだ。

だからこそ、神様を裏切ることはできない。

たとえ神様が、私の願いを叶えてくれないとしても。

奇跡は、私が私である唯一の証明。

誰から乞われることがなくても、捨てられなかったもの。

誰よりも一番、私が私の奇跡に固執している。

――それに今も、私の奇跡が必要とされているから、ここに居られるのでしょう？

「ごめんなさい、アスラン殿下。私、リュナン様との契約書を破ってこられなかったんです……」

屋敷に残してきた契約書。リュナン様たちを眠らせたあとに、本当なら処分してくるべきだったもの。だけど私は前回の家出の時も、今回も、残してくることしかできなかった。

だってあの『結婚契約書』には私とリュナン様のサインが入っているから。

契約書さえあれば――私とリュナン様が夫婦であったという事実は残ってくれる気がしたから。

もちろん『ぐーたらをやっほい極めろ』なんて契約書が公的証書になるはずがない。

それでも、私は……私の心だけは、リュナン様のらぶらぶ奥さんでいたかった。

あの三分が、私のやっほいのすべてだから。

「だからあなたと愛は誓えません。私が、愛を誓うのは――」

私の言葉の途中で、アスラン殿下が「うん、知ってた」と苦笑した時だった。

「この結婚ちょっと待てえええええええいっ！」

その声を、私が聞き違えるはずがない。

見上げれば、ちょうどその背には陽が出ているから、私から見て彼は逆光になっていた。

鋸壁《きょへき》の凸部に立ち、マントを靡かせている姿はまさに英雄《ヒーロー》。

桃色の巨大な頭部にぴょこんと二つのお耳が凜々しく伸び、纏う衣装は勇ましい騎士装束。

愛らしくて、カッコイイ。

そんなみんなのヒーローは、ちゃんと『みんな』の中に私も入れてくれるらしい。

たとえ神様が助けてくれなくても。彼がこんな場所まで助けに来てくれるなら。

こんな薄情な私を、こんな場所まで、また迎えに来てくれた。

——しかもあんな恰好をしてまで。

それだけで、この世界はなんて美しいと思えるのだろうか。

だから、私は彼の名前をやっほいと叫ぶ。

「うさちゃん仮面っ!!」


正直に言おう。

めちゃくちゃ恥ずかしい。

もう王族の結婚式を妨害するとか、大罪を犯そうとしているとか。

そんなものどーでもよくなるほど、めちゃくちゃ恥ずかしい！

——いや、だからなんでうさちゃん仮面？

そりゃあノイシャの奇跡をふんだんに刻んだ逸品だ。あのセバスの斬撃を全て防ぎきる防具など、ほんと伝説として世に残るくらいの品だろう。オリハルコンやらミスリルに並ぶといっても過言ではない防御力だ。見た目がうさちゃんなだけで。

しかもまだ……まだ、コレットたちがつけていた顔の前に張り付ける形の『仮面』ならいい。この巨大なぬいぐるみの頭、仮面じゃねーよ。これは被り物っていうんだよ。

しかも衣装は騎士団の制服を模したものだから余計に恥ずかしい。

俺はど阿呆だな？

正真正銘、世界で一番のど阿呆野郎の自覚がある。

——だけど、どんなに恥を晒そうとも。

眼下のノイシャはヴェールを被って、こちらから顔が見えないけれど。

「うさちゃん仮面っ!!」

ぴょんぴょん飛び跳ねるノイシャの声が明らかに『やっほい』していたから。

——泣くのは早いぞ、俺！

感極まるのは後回しだ。そんなの今も音もなく衛兵を気絶させ続けているセバスの老後の仕事に残しておけばいい。この大衆の中からノイシャを連れ出すことが先決だ。

「とうっ！」

俺はやけっぱちに片手を天に掲げて飛び降りる。やっぱりめちゃくちゃ恥ずかしい。

だけど着地した直後に、ノイシャが「かっこいい……!!」と今まで聞いたことがないくらい興奮した声で褒めてくるから……ものすごく複雑である。

――え、こいつ、俺だってわかってない？

俺が迎えに来たから喜んでいるのではなく、『うさちゃん仮面』の登場に感動しているだけ？

その可能性を否定しきれなくて、シュタッと着地した体勢から動けないでいると、即座に来賓客の避難誘導と不審者を捕らえるべく迫ってくる馴染みの有能騎士団員たち。

ただし、ずっと膝を叩いて大笑いしている団長を除いて。

――俺が警備にいたら、どつき倒してますよ。

心の中でそう野次を飛ばすものの、実は真面目に剣を合わせたら三回に一回しか勝てない相手である。ウケている間に事を完結させるべく、俺はノイシャの腕を引こうとするも。

やはり一番近くにいる男が身体を割り込ませてくる。

「へぇ、みんなのヒーロー『うさちゃん仮面』がこんな悪いことしていいんだ？」

狡猾な笑顔で俺に問いかけながら、片手で騎士たちを制するアスラン殿下。

そんな従兄に、俺は簡潔に答える。

「ど阿呆。俺はこいつのヒーローでいられれば何でもいいんだよ」

「え、なにそれ。めちゃくちゃカッコいいね」

「ちなみに似たような台詞はメイドに『むかつく』と文句を言われました」

「あのメイドちゃんなら言いそう」

無駄に呑気な会話を挟みつつも、決して殿下は動こうとはしない。

殿下を押しのけ、無理やりノイシャを抱えるのは簡単だ。だけどその際、アスラン殿下に怪我を負わせる可能性もある。……別に殺すわけじゃなし。小さいことと捨て置いてもいいのだが。

だけどこの位置、小柄なノイシャだったら殿下の脇を潜り抜けて俺の所まで来るのは簡単だ。

――一か八かだ。

「来いっ！」

俺は両手を広げて待つ。無防備極まりない。前からでも後ろからでも刺してくれと言わんばかりの体勢だ。それでも――小さな彼女が前の男を押しのけ、俺の下へ嬉しそうに走ってくるんだ。

これをやっほいと言わずに、何をやっほいと言うんだ。

俺が痛くない程度に強く抱きしめ、その耳元で小さく尋ねる。

「ノイシャ、いいんだよな？」

「はい、ノイシャです」

質問の答えになっていないが、それは紛れもなく聞きたかった彼女の言葉。

これを聞いたからには、もう一つも聞かなければ。

「今、やっほいか？」

「やっほいです！」

「ならいい」

――あぁ、やっぱり泣きそう。

ノイシャがやっほいしてくれるなら、なんだっていい。

大衆の面前でうさちゃん仮面を被ろうが、仕事をサボろうが、どんな大罪を犯そうが。

彼女のやっほいを聞けるだけで、こんなにも世界が美しく色づくのだ。

「じゃあ、このまま城内を走り抜けるから――」

しっかり摑まっていろよ、と彼女を担ごうとした時だった。

「逃亡ならばもっといい方法があります」

言うより早く、ノイシャが空中に光の式を描きだす。

――嫌な予感しかしない。

だけど瞬く間に一羽の白い鳩が飛んできたかと思いきや、俺らの目の前で巨大化した。

「鳩かよ!?」

「はい、鳩です！」

どうですかと言わんばかりに得意げなノイシャに、近くの殿下はもちろん遠くの団長も腹筋が崩壊したらしい。ひきつった笑い声がそろそろ苦しそうである。

いや……うん。俺はもっとシリアスに決めるつもりだったんだが……もういいや。

俺らが鳩の背（？）に飛び乗れば、ノイシャが揚々声を張る。

「鳩さん、お願いしますっ！」

それを合図にバッサバッサと飛び立つ鳩。すごいな。風圧で飛ばされないようにノイシャを抱き込んだのに、心地よい風しか感じない。それも、こいつの奇跡なのだろうか。

ノイシャはとてもやっほいしていた。無駄に呆然と空を見上げる来賓たちの上空で鳩を旋回させる。未だヴェールでその顔が見えないけど、「そうだ！」と奇跡を描いては大量の花まで出す始末。

それはピンク色の花だった。一瞬また俺を模したのかと自惚れるけど、それにしては色が濃い。一つを手に取ってみると、中央部分が黄色い多弁の花はどこかで見たことあるものだ。どこで見たか覚えていないほど、その辺に生えてそうな派手な花。

——ノイシャの好みとも、少し違うような？

そんなノイシャが身を乗り出そうとする。

「でんかーっ！」

「ど阿呆！」

おそらく奇跡で結界のようなものを張っているとはいえ、落ちないとも限らない。そんなノイシャを急いで支えるも、ノイシャは眼下に向かって声を張り続ける。

「ローダンセの花言葉には『変わらぬ想い』の他にもう一つありましてっ！」

――こんな時に何を言っているんだ!?

いち早く脱出しなければならないのに、俺にはどうすることもできない。だってこの巨大鳩を操っているのはノイシャなのだ。俺はただノイシャが落ちないように支えるだけ。

けれど、ふと思う。

俺ら夫婦はずっとそんな感じだったな、と。

「『終わらない友情』、その言葉を込めて、殿下にこの花を贈ります！　私はあなたのお嫁さんにはなれないけれど、どうかずっと、私のおともだちでいてくれませんか!?」

――ひっどい女だな。

だから俺はざまぁみろと鼻で笑う。

本人は無自覚なのかもしれないが。結婚式の最中に花嫁に逃げられて『ずっとおともだち』発言されるなんて……普通の男ならば矜持が崩れること間違いない。俺だったら立ち直れない。

それでも眼下の白い衣装を身に纏った花婿は、笑いすぎて流れる涙を拭ってから、両手で大きな丸を作る。正直、我が従兄には男として一生勝てる気がしない――が。

ようやく城を離れようとする鳩の背で、俺は顔がにやけて仕方がなかった。

――ノイシャは俺のだ！

俺は永遠にノイシャに振り回されるのかもしれないけど、それでいいじゃないか。団長も立派に奥さんに尻に敷かれて幸せな家庭を築いている。

それに……俺はもう一組のよく知る夫婦を見下ろす。

いつも旦那を振り回しているとある美しい貴婦人が、化粧が崩れることも厭わず大泣きしていた。その顔を扇で隠すこともなく、今まで見たことないくらいぐしゃぐしゃな顔をして。大きな声をあげて泣いている。

「大変です、ラーナ様が泣いています！　うさちゃん仮面、助けますかっ⁉」

――こいつも大概余裕だなーおい。

自分が今まさに一世一代のトラブル真っ最中な花嫁だっていうのに、アスラン殿下の心配をして、彼女の心配までするとは。これが聖女か。いや――これがノイシャだ。

たとえ一か月程度離れても、ノイシャは結局ノイシャらしい。

だから、俺は毅然と返した。

「問題ない。あいつにはバルサがいるし……それに多分、嬉し泣きだろ」

それはただ幼馴染の勘でしかないけれど。

ノイシャは納得したようで、「それでは鳩さん号、出発しますっ！」と遠くを指さす。

そして俺は鳩が森の開けた場所に下りた後、即座に彼女のヴェールを剝がす。

「待ってください。まず鳩さんにお礼を言ってから――」

「待てねーよ」

俺も邪魔な被り物を脱ぎ捨ててから、ノイシャの顔に触れた。

綺麗に化粧を施してもらったのだろう。その顔には涙の痕が残っている。

「きれいだな」

俺が小さく呟けば、ノイシャは驚いた顔をしていた。

そんな彼女の額に、俺は唇をつける。

瞼に。鼻に。頬に。都度都度肩を跳ねさせるノイシャがとても愛らしくて。

最後にゆっくりと唇に口づけすれば、ようやく彼女も慣れてきたのだろう。怯えるように俺の背に手を回してくる。だから俺は彼女を何度も抱きしめ、何度も何度も口づけした。

「なぁ、ノイシャ……」

「はいっ……ノイシャです」

キスのしすぎで息苦しそうな彼女がなお愛おしくて。

俺はギリギリの理性で最後に尋ねる。

「おまえは俺の妻でいいんだよな？　うさちゃん仮面だったから、ついてきたわけじゃないよな？」

するとノイシャは少し俺から離れるようにしてクスクスと笑い出した。

「ふふふっ……さすがの私でも、そんなわけないじゃないですか……」

――よかったあああああ！

ドッと肩から力が抜ける。これだけのことをして『あれ、リュナン様だったんですか？』なんて言われたら立ち直れる自信がなかった。なので深くて長いため息を吐いていると、ノイシャが控えめに俺の手に触れてくる。顔を合わせれば、ノイシャが嬉しそうに目を細めていた。

「新婦ノイシャ＝アードラは、新郎リュナン＝レッドラを夫とし、病めるときも健やかなるときも、愛をもって互いに支えあうことを誓わせてください。リュナン様」

「あぁ……もちろん俺からも誓わせてくれ。ノイシャ」

「はい、ノイシャ――」

彼女が最後まで言い終わるのを待たずに、俺は再びキスをする。

三秒してからゆっくりと唇を離して――そのまま押し倒してしまおうと、そう思った時だった。

パチパチと拍手が聞こえてくる。

「ん？」

嫌な予感しかしない。俺は拍手の音に振り向かないまま、ノイシャに尋ねる。

「なぁ、どうしておまえは鳩を森に下ろしたんだ？」

だってノイシャは逃走用の馬車を森に隠していることを知らなかったはずである。

だけど彼女は迷うことなくやっほいと答えた。

「ものすごく美味しそうな匂いがしたので！」

言われてみれば、とても香ばしい匂いがしていた。肉を焼いた時の匂いだな。少しスパイシーな香りもするから、香辛料がふんだんに使われているのだろう。あわせて炭の匂いがするから、誰かがバーベキューでもしているのか。

と、振り返れば、そこにはうちわでパタパタ火を仰いでいるヤマグチがいた。野外にそぐわぬ本格的なフライパンには、俵形の肉が五個並べられている。

――どうして気づかなかったんだよ、俺⁉

己の視野の狭さに嫌気が差す。ノイシャしか見えていなかった。あぁ、見えていなかったさ！

だけど巨大鳩に乗って主と花嫁が登場としたというのに、ヤマグチはいつも通りヤマグチだった。

「今最後に水分を飛ばしておりますので、もうしばらくお待ちください」

「……炭火焼ハンバーグか？」

「うす。これをパンで挟んでハンバーガーを作ろうかと」

「やっほい！　ヤマグチバーガーっ⁉」

それに前のめりに食いついてくるのは、もちろんノイシャだ。

もう俺なんか見えていないかのようにヤマグチのそばへと寄っていくノイシャ。そんなノイシャに「うす。約束していましたので」と淡々と答えながら籠に用意していたパンやレタスを見せている光景は……なんというか、平和そのもの。

――一世一代の大勝負だったたんだけどなぁ。

まだセバスとコレットは戻っていないのに、こんなのんびりしていていいのか。

というか、ある意味これからが本番で、決死の逃亡劇を繰り広げなければならないのだが。

だけどとりあえず、俺も鬼気迫る一番最悪の事態に関する注意事項をヤマグチに指示する。

「今見たことは絶対にセバスとコレットには言うなよ!?」

「むしろ、見なかったことにしなくていいので?」

セバスらに俺がノイシャにキスしたことや、ましてや押し倒そうとしたことがバレようものなら、それこそ本当に俺の首が飛びかねない一大事である。……まぁ、両想いの夫婦なのだから、場所さえ改めれば何も悪いことはしてないのだが。

それでも、着ぐるみで大一番をする羽目になるわ、鳩がでっかくなるわ、従者が城ではなくハンバーグをフランベしながら待っているわ。

短時間でこれだけのことがあれば、俺だって吹っ切れるというもの。

「いい！　おまえが司祭代わりの愛の証人だ！　わかったか!?」

「そういうことなら……うす」

夫婦の色々など、これからゆっくりと進めて行けばいい。

その都度、邪魔が入りそうな気がするが……今は考えないようにする。

ただ、もうノイシャがハンバーガーしかやっほいと頭にないようだから、俺は「二人が戻ってくる前にハンバーガーを仕上げろよ」とヤマグチに命令した。

◆

『なぁ、どうしてわざと負けようとしたんだ？』

それは、年下の従弟と手合わせした後のこと。

口の中でシュワシュワ弾ける楽しい飲み物に舌鼓を打ちながら、俺が十歳になったかどうかの従弟に尋ねてみれば、不貞腐れていた従弟がより一層口を尖らせた。

『……殿下は、いつか王になる御方ですから』

『王が膝をつくことなんてあってはならないと？』

『そうです。王は、国民みんなのヒーローでいなくてはならないんです』

――ヒーローか。

その表現がまさに年相応の子供らしい。彼も低いなりに王位継承権を持つはずだが、普段は遠い北の地でのびのびと暮らしているという。あぁ、ひどく羨ましいな。

『お前も将来、ヒーローとやらになりたいのか？』

『そりゃあ……もちろん王になりたいなんて口が裂けても言うつもりはありません、が』

――子供なんだから言えばいいのに。

俺がそう説いたとて、真面目な公爵家の嫡男は首を横に振るだけなのだろう。

だから黙って言葉の続きを待っていると、従弟は恥ずかしそうに頬を掻いていた。

『いつか好きな女性のためのヒーローになれたらと』

◆

——本当にすごいな、お前は。

成長した従弟は、俺の遥か上を飛んで行ってしまった。

「夢、叶えたじゃないか」

もちろんあの頃の自分もお前も、まさかうさぎの着ぐるみを着て、馬ではなく巨大な鳩に跨るなんて想像もしていなかったと思うけど。

思わず泣けてくる。

あまりのシチュエーションの連続に笑いすぎて泣いているだけではない。大人の決めた理不尽に悔しそうにしていた少年がとても立派になったものだと。

——まぁ、尻拭いを全部ぶん投げてきたけどな。

この始末を一体どうやってつければいいのか。

結婚式の最中に花嫁にフラれて、そのまま他の男（うさぎ）に奪われた王子。そんな情けない話が王家の歴史に残っていいはずがない。しかも、このあとはこのまま王位継承の儀も行われる予定だったんだぞ？　栄えある新国王の誕生になんたる汚点を残していってくれたんだ。

――これを泣かずして、何に泣けと？

ちなみにずっと来賓席で一部始終を見届けていた彼の両親らは、さっきから真っ青な顔をしている。リュナンからは一切連絡がなかったとのことだが、そりゃあ一度公爵家に嫁入りした女性を王家に迎え入れようとしたんだ。きちんと俺は家長にも話を通したさ。息子とは違ってね。なので噂はともかく、この中で数少ない、大聖女の正体を正確に知る人物だったわけだから――当然、あのうさぎの正体にも感づいたのだろう。息子の声を聞き違えるとも思えないし。

「まぁ、でも……悪いことばかりではないかな」

俺は彼女がたくさん舞い散らせた花をひとつ手に取る。

ローダンセ。それは亡き愛する女性が俺に贈ってくれた花。

その時に俺は『変わらぬ想い』という言葉とともに受け取ったけれど、もうひとつ『終わらない友情』という花言葉もあるらしい。もしも、愛した彼女が後者の意味も暗に秘めていたとしたら……そんなことを考えると、それこそ泣き笑いするしかないけれど。

その真実は、もう誰にもわからない。

だからその答えは、俺がこの地で為すべきことを為したあとに問いただすことにしよう。

俺は今も地に足を付けて、まだまだ生きて行かねばならぬのだから。

――さぁて、格の違いを見せてやらないと。

——空に還ってしまった愛しいひとに。

——可愛くも憎らしい、俺の従弟に。

——新しくできた俺のともだちに。

「皆のもの、聞くがいい！」

俺は快々として声を張る。

そしてローダンセの花を己の胸に挿した。

「我は今、皆が聞いたように女神から敬称を賜った！」

——しょせん政治なんてハッタリだ。

もちろん本質的にはそうであってはならない。民草が安全に暮らしていける法改正や税率の調整、公共事業の管理など、一つの間違いも許されないような仕事の積み重ねばかりだ。

だけど、そのトップに立つシンボルは？

国王というすべての責任と期待を背負うヒーローは、勢いと度胸と、多少の遊び心が大事。

——そうだろう、うさちゃん仮面？

だから、俺は悠然と笑みを絶やさない。

「我が娶ろうと思っていた女性は使者と共に天へ還った！　すなわち、彼女こそが真の女神の仮の姿だったのだ！　その我が今しがた『ともだち』という称号を直々に拝命した」

そして、俺は遥か彼方まで届くように宣誓した。

「よって今ここに、『女神のともだち』であるアスラン＝ジョゼ＝アルノードは正式なる次期国王として、王位継承の儀に臨むことを宣言しよう！」

のちに、全世界で流行る恋愛小説があった。
天から降ってきた聖女にある王子が恋をしたが、結婚の直前に天から神の御使いであるうさぎが聖女を迎えにきて、聖女が天へと帰ってしまう悲しいラブロマンス。しかし王子は聖女から最後に授かったローダンセの花を支えに、賢王として世の平和に多大な功績を残したという。

人気作家の久々の作品として多くの読者を集め、その悲しい結末に多くの涙を誘ったとして空前の大ヒット。しかも数十年後、その作者が『女神のともだち』の称号を持つ前賢王本人であり、実話を基にした話だったことが公表された。

その結果、物語は『神話』へとジャンルを変え、後世まで語り継がれる伝承となったのである。

エピローグ　いつかの神話の主要人物たち

リュナン様がハンバーガーを食べながら器用に大口を開いた。

「かぐや姫だあ？」

ヤマグチバーガーは絶品だった。

炭火でじっくり焼かれた俵形のひき肉を噛めば、美味しい肉汁がじゅわっと口の中に広がる。レタスのシャキッとした歯ごたえとトマトのじんわりと広がる酸味が楽しい。そしていろいろな果実の風味がする特製ヤマグチソースが全体をまろやかに包み込む。

う～む、やっほい！

そんな想像を超えたハンバーガーをモグモグしながら、私たちはヤマグチさんに経過を報告していた。一連の話を聞いて出したヤマグチさんの答えが『まるでかぐや姫ですね』だったのである。

「月からうさぎの使者がやってきてですね、地上に遊びに来ていた『かぐや』ってお姫様を連れ帰るおとぎ話です。それにとても似ていると思いまして」

すると、リュナン様が聞いてくる。

「ノイシャはこの話を知ってたか？」

「いえ……今まで読んできた書物にそのような内容のものはありません」

「だ、そうだ。たまにヤマグチも無駄に博識だよな」

たしかにヤマグチさんは私でも知らない知識をたくさん所持しているようである。私も教会に居た頃からたくさんの書物を読んできたが、食べ物のみならず、ヤマグチさんはこうしてたまに私が見聞きしたことない知識も披露してくれる。たぶんそれって、けっこうすごい。

「まぁ、おれの遠い故郷の話なので」

ヤマグチさんの故郷、どこなのだろう？　聞いてみてもいいのかな？

だけど私がモグモグ中で口を開けずにいる間に、視線を感じる。

ハンバーガーを咀嚼しながら、リュナン様が私をじーっと見ていた。

「それにしても、こいつがお姫様ねぇ……」

どうやら私がお姫様に相応しいか吟味しているらしい。

正直、今の衣装と髪型ならちょっぴり自信がある。私が「えっへん」と胸を張ると、リュナン様が小さく噴き出した。

「よかったな、やっほい娘から進化したじゃないか」

「アイスと一緒、やっほい！」

進化といえばアイスである。そういえばお城に来てからアイスを食べていないことを思い出した。

思い出したからにはすぐにでも食べたくなるけど、どうやら私たちは今から逃避行を始めるらしい。

逃避行……つまりは旅である。

おそらくこの場にある馬車で旅をするのだろうが、些か五人では狭いだろうし、移動速度も箱を引いている分、どうしても遅くなってしまう。それでは馬に直接乗った騎士たちに追いつかれるのも時間の問題である。

つまり、今こそ私の出番なのでは!?

「リュナン様、ひとつご提案があるのですが」

「ものすごく嫌な予感がするが、とりあえず聞いてやろう」

「馬車も進化させるのはいかがでしょう?」

先ほど鳩さんに乗って確信した。やっぱり空の移動はやっほいする。現実的な側面でいっても、遮蔽物がないから直線距離を進めるし、速度も自由である。逃避行ということならより早く、より遠くへ行けるに越したことはないと思うので、お馬さんには空を駆けてもらうのがいいと思うのだ。

――それにリュナン様は乗馬が好きだと言っていたし！

落ち着いたら、そのまま空飛ぶ馬に乗って存分に遠乗りを楽しんでもらおう。ついでに私も乗せてくれたらやっほいだな。そんな妄想をむふしていると、リュナン様が一言。

「飛ばせないなら検討しよう」

「がーんっ！」

またしても敢えなく却下されてしまったっ！

どうしてだろう。鳩さんはけっこう気に入ってもらえたと思っていたのに……。

私がしょんぼりしていると、ハンバーガーを食べ終わったリュナン様が言ってくる。

「なぁ、ノイシャ」

「はい、ノイシャです……」

「俺はおまえが奇跡を使えようが使えまいが、おまえが好きだぞ？」

「えっ？」

私が疑問符を返せば、リュナン様は「前にも言ったことある気がするんだけどな」と少し呆れた顔をしていて。だけど明確に続きを言葉にしてくれる。

「俺らの役に立とうと奮闘してくれることはもちろんありがたい。だけど、俺は別におまえが『ありがたい』ことをしてくれなくても、おまえがそばに居てくれるだけで嬉しいんだ」

――私、役立たずでもいいの？

教会に居た頃は、誰かの役に立たなければご飯が貰えなかった。

あの頃とは違う。何度そう言われても、今一つしっくりこなくって。

だけどリュナン様は、言葉を変え、手法を変え、何度だって教えてくれる。

「できたら毎日やっほいしてくれるとありがたい。でもしょせんは『ありがたい』というだけで無理にとは言わん。しょんぼりな日があったっていいし、ムッとした日があったっていい。おまえの奇跡も、俺からしたらその程度だ。あってもなくても、どっちでもいいんだ」

──お役に立てないのに、私はリュナン様のそばに居ていいの？

──役に立てないのに、家族で居させてくれるの？

「あ～、なんて言えばいいのかな……すまん。しっかり契約書に明記したいのだが、あまりいい文面が思いつかなくて。セバスらを見てみろよ。あいつらにとって、俺って何の役にも立ってないだろ？　それでもあいつらは俺のそばに居てくれるんだ。おまえも気負わなくていいんだよ」

──そんなことない。

リュナン様が居てくれるだけで、私はやっほいする。だからセバスさんたちもきっと同じ。

──あれ？

だったらと、私に都合のいい等号で結ばれてしまう。

──私が居るだけで、リュナン様たちもやっほいしてくれるの？

「なる……ほど？」

「いや、それを肯定されるのも俺の自尊心が傷つく──」

「旦那様がややこしい言い方するからでしょっ！」

後ろから、スパコーンッと。

次期公爵様をそんな勢いよく叩けるメイドは、世界中を探してもコレットさんしかいないだろう。

案の定、リュナン様のうしろにはコレットさんが居た。少し遅れてセバスさんも居る。

お二人とも頭にはうさちゃん仮面をつけていた。そうか、お二人も私のヒーローとして迎えに来てくれていたんだ。やっほいとやっほい。やほほほい。

そんなコレットさんに、旦那様はいつも通り叫んでいた。

「ど阿呆！　おまえも容赦なく主の頭を叩くなっ!!」

「残念ながら、これはわたしの一存ではなく、大奥様からのご命令ですので」

「へ？」

――大奥様……？

以前と同じでいいならば、レッドラ家の奥様は私のはずである。

だけど『大』奥様？　もっと上の奥様といえば……？

私が答えを出すのと、リュナン様が目を見開いたのはほとんど同時だった。

「ははうえ……どうして今、母上が出てくるんだ!?」

「もちろん大旦那様からの言付けもございますぞ。『説教は領地に戻ってから』とのことです」

その言葉に、リュナン様が思いっきり眉間にしわを寄せていた。

「いや説教って、それどころじゃないだろう……」

「私たちの戻りが遅いなぁとは思いませんでしたか？」

一方、ヤマグチさんが「お疲れ様です」とヤマグチバーガーをセバスさんとコレットさんに渡している。お二人も特に文句を言うことなくハンバーガーを受け取り、それぞれ普通に食べだしている。ヤマグチさんはお茶の準備まで始めたらしい。

……たしかに、逃避行だ追手だというわりには、のんびりしているような？

リュナン様の眉間のしわがますます深まっていた。

「……追手を片付けていたわけでなく？」

「状況が変わりました。逃亡したノイシャ様も『うさちゃん仮面』も不問。アスラン殿下も現在予定通り王位継承の儀を執り行っておられます。我々も今まで通り生活してよいとのことです」

「どうして……？」

すると、コレットさんが私の顔を覗き込んできた。

「ノイシャ様、殿下のおともだちになったんでしょう？」

「はい……」

たしかに、私は鳩さんで飛び去る前にそう言った。

アスラン殿下の奥さんにはなれなかった。だけど人として、アスラン殿下のことは尊敬していて、もっとお話ししたいという気持ちは今も変わらない。

だから、『ともだちになりたい』と頼んでみたんだけど……。

——そういう関係って『ともだち』でいいんだよね？

——殿下のあの時の丸は『ともだちになっていいよ』ってことだったんだ!?

——私の初めてのともだちだ。やっほい！

「ノイシャ様が顔と名前を徹底的に隠したこともあって、あの『大聖女』は本当の女神様だったたってことにしちゃったみたいです」

「なので『女神のともだち』という称号をシンボルにアスラン殿下は王位を継承。そのため我らを罪人にする理由もなくなり、無事に無罪放免というわけですな」

「なんてこったい⁉」

びっくりである。どうやら私が本物の女神様ということにされてしまったらしい。

元から私が『大聖女』なんて仰々しいシンボル役を授かったと思っていたのだけど……なんと今後は女神様。そんな恐れ多すぎる進化は望んでいない。

とても訝しく思っているのは私だけではない様子。

「……そんなこと、あっていいのか？」

「もちろんアスラン殿下の多大な慈悲があったり、裏で大旦那様と大奥様の謝罪祭りがあったりと色々ありますし、後日リュナン様とノイシャ様にも登城命令が下るとのことですので、そこでお詫びしたりノイシャ様の扱いを定める必要もありますが……国王陛下直々に『こちらも振り回してすまなかった』という謝罪を言付かっております。ゆえに、そう悪いことにはなりませんでしょう」

するると、コレットさんがニヤリと口角を上げた。

「ただ大奥様は『激おこ』でしたね～。ビンタ百連発を覚悟しとくべきでは？」

「そのくらいは甘んじて……受けたくねえええええ！」

――リュナン様がそんなに嫌がる大奥様とは一体……？

リュナン様は騎士様だ。大奥様からのビンタを何発受けたって痛くも痒くもなさそうなのに。

それに男性は母親に似やすいというから、おそらく大奥様もリュナン様と似て美形の女性だと予想できるが……もしや、筋肉隆々の女性だったり？

――すっごくお会いしてみたい！

そんな妄想にやっほいしていると、コレットさんがこちらを向いた。

「ノイシャ様」

「はい、ノイシャで――」

それは言葉の途中で。

なんということでしょう。コレットさんに抱きしめられた。お胸の部分がすごくあたたかくて、やっほい落ち着く気がする。私の肩に顔を埋めたコレットさんの声がいつもよりしっとりしていた。

「言いたいことはたくさんありますが……お帰りなさい、ノイシャ様」

「あ……はい、ノイシャです……」

「違うでしょ？」

顔をあげたコレットさんが笑いながら涙ぐんでいた。

「こういう時は『ただいま』って言うんですよ？」

その言葉は聞いたことがある。だけど口にしたことはない。

意味は『ただいま戻りました』と同義のはずだ。それなのに『ただいま』だけになると、同じ意味のはずなのにまるで色が違うというか。途端にキラキラしだすというか。

そんなキラキラした言葉を、私が使っていいのかな？

「た、だい、ま……？」

それを口にするだけで。

私の目から涙が降ってきた。大変だ。せっかく城のメイドさんたちが綺麗にしてくれたのに。せっかくのお化粧を皆さんにお披露目できていたはずなのに。

保護の奇跡を使っておけばよかった。これ以上崩れてほしくないのに、私は涙の止め方がわからない。口から出る言葉も、自分で何を言っているのか制御できなかった。

「あの、お化粧……お城のメイドさんたちが頑張ってくれて、それで……」

私が泣いていると、コレットさんもポロポロと涙を零してしまう。セバスさんなんかあっちを向いているが鼻まで啜って背中を震わせていた。ヤマグチさんが無言でハンカチを差し出している。

――あぁ、なんてこったい!?

どうしよう。どうしよう。焦れば焦るほど、私の口はまともに働いてくれない。

「でも、せっかくのお化粧も落ちてしまって。メイドさんたちには悪いことを――」

「何をおっしゃっているので？」

するとコレットさんは両手で私の顔を包んだ。

そのままぶにーっと潰されるけど、決して痛くはない。

「メイドはノイシャ様に喜んでもらいたくて化粧を施したのです。ノイシャ様が笑顔なら、百点満点の仕事をしたんですよ」

「こう……ですか……？」

手の力が弱められたから、私は笑ってみる。

頬の力の入れ加減がやっぱり難しくて、自分でどんな顔をしているかわからないけれど。

コレットさんは満足そうに笑い返してくれた。

「ふふっ、今度改めて城に挨拶に行く時に、とびっきりの笑顔をお返ししましょう。た・だ・し、その時は今よりもっとわたしがノイシャ様をかわいくしちゃいますからね♡」

「やっほい！」

その提案はとっても楽しそうである。

もっと詳細を聞いてみようと思ったのに、コレットさんはリュナン様に押しのけられてしまった。

「おい、コレット。これ以上いいところを取っていくな」

「えぇ～っ!?」

非難の声に対して、「いやいや」と前に出てくるのは毅然とした顔に戻っていたセバスさんだ。

「順番でいえば、次は私でしょう。ノイシャ様、セバスは不殺で百人以上の兵士をのしてまいりましたぞ。肩が凝って仕方ありません。褒美に肩をトントンしてもらえますかな？」

「あ、はい！　喜んで――」

「待てーい！」

だけど、そんなセバスさんすらもリュナン様は押しのけてしまった。

何を待つのだろうか？

なんてこったいではあったけど、急ぐことはもうなくなったはずなのに。

私がきょとんとしていると、リュナン様が「こっちが先だ」といつかのようにポケットから何かを取り出す。その手に摑まれていたものに、私は目を見開いた。

――とっておいて、くれていたんだ。

それは何よりもキラキラと見える婚約指輪。私の手を取ったリュナン様は固唾を吞んでいた。

「また、きみの指に嵌めてもいいだろうか？」

「あっ、はい……よろしくお願いします……」

ゆっくりと、ゆっくりと、その指輪が私の指を滑っていく。

その少し生暖かい肌触りに、自然と口角が上がってしまう。

一方、他の御三方は私たちにまるで興味がないとばかりに会議をしていた。

「それで、結局結婚式はどうします？」

「大々的に挙げるのはむしろ避けるべきだな。貴族でそんな事例はあまり聞いたことがないが
……」

「それなら、新婚旅行がてら身内だけで挙げるのはどうですか？」

「いいかも〜。どうせ北にも行かなきゃならないですし、大旦那様たちにも参列してもらって――」

――新婚旅行⁉

どうやらこれからもやっほいな出来事が続くらしい。リュナン様と旅行。もちろんセバスさんやコレットさん、ヤマグチさんも一緒だろう。しかもリュナン様のご両親に会いに行くのだという。筋肉隆々のお母さんにも会える。リュナン様の生まれ育った場所を見ることができる。

――やっほい！

やっぱりそんな素敵な旅行には、素敵な乗り物が必要なのではないだろうか。

屋敷を飛ばしちゃダメ。馬車も飛ばしちゃダメ。

もうこの際、伝説のドラゴンを召喚して皆さんを乗せてもらうのはどうだろうか？

鳩さんは問題なかったのだから、これでも問題ないはずだ！

――適当なドラゴンを見繕ったら、また皆さんに説明しないと！

そんなことを考えている間に、リュナン様も「せっかくのいいシーン見とけよ！」とか言いながら、その新婚旅行会議に参加しだしたようで。やっぱり北ではなく南の海に行きたいなどと提案しては却下を受けている様子。

そんなやっほいな会議に私も参戦する、その前に。

「あの、皆さん！」

私は心の中でいっせーのーせと意気込んでから声をかける。

すると皆さんは話を止めて、私の方を見てくれて。

「私……本当に『ただいま』していいんです、か……？」

おそるおそる尋ねると、四人は顔を見合わせる。

そして声を揃えてあっさり答えてきた――『当たり前』と。

その後、リュナン様が目じりにしわを作る。

「ノイシャ」

「はい、ノイシャです」

「おかえり」

――こんなにやっほいする言葉があっていいのだろうか。

だけど、それを『当たり前』と言ってくださるのが、レッドラ家の皆さんだから。

それが、私の帰るべき『家族』だから。

私は世界で一番やっほいな言葉を叫ぶ。

「ただいま！」


【3分聖女の幸せぐーたら生活②　完】

あとがき

このたびは『3分聖女の幸せぐーたら生活』2巻をお手にとっていただきありがとうございました！　著者のゆいレギナです。

1巻はウェブで投稿していたものを大筋はそのままに、細かな部分を改稿、書き下ろしを追加したものだったのですが、2巻は完全な書き下ろしで刊行させていただきました。

いかがでしたでしょうか？

うさちゃん仮面って何だよって？

私も未だ、なぜうさちゃん仮面が出てきたのか謎です。今見直したら、ちゃんとプロットの段階から登場していたので、行き当たりばったりなどではなかったようです。ただし鳩はあんなに推すつもりはなかった。表紙と裏表紙も素敵な鳩いっぱいで感動しました。ウエディングな表紙は異世界恋愛ジャンルの鉄板でありつつも、私の刊行作品では初めてだったので、まつげもぱっちりで可愛いノイシャと、幸せそうなリュナンに御馳走様な気持ちでいっぱいです。あかつき聖先生、本当にありがとうございました。

　でも、裏カバーのメイドさんのポーズは何ですか？　仮面の下のどや顔がすごく気になるのですが……いやぁ、あの二人の正体は一体何者なのでしょうか（笑）。


　あと個人的には、ウェブの掲載を気にしなくて良かったため、最初からフォントで遊ぶの想定で書けたことが楽しかったです。ノイシャの手書きの文字はゴシック系かなぁ、コレットはあれでも教養はきちんとしている設定だから明朝体かなぁ、とか。二人の文字体は微妙に違うフォントでお願いしたので、ぜひお暇な方は見比べてみてくださいませ。


　それとあとがきで書くことは……「やっほい」の回数ですね。

　検索してみた結果、1巻では62回だった「やっほい」。こちらの2巻では190回「やっほい」という単語が登場しました。この作者ばかじゃないかな。

　ちなみに「ノイシャ」と「リュナン」は300回を超えたので主人公の威厳は保たれたようですが、「セバス」が180回とのことなので、「やっほい」は準主役並みの登場回数だったようです。本当にこの作者ばかじゃないかな！　一周回って、こんなに「やっほい」という単語を使って文章を成り立たせた作者は天才なのでは？（このあとがきを書いている時はけっこう疲労困憊中の夜23

時半です。今日のパエリア美味しかった）そんなテンションやっほいな小説をきちんと出版してくれたアース・スタールナ様。担当してくださった編集者様。書店に並ぶまでに尽力してくださった関係者様。さらにやっほいなイラストを添えてくださったあかつき聖先生。そして最後に、今このあとがきを読んでくださっている皆様。本当にありがとうございました。

こちらの本の発売とほとんど同時期に、コミカライズも始動いたします。
作画をご担当くださるのは　かじきすい　先生です。
マンガでもやっほいしまくるノイシャをぜひチェックしてくださいませ！

小説の次巻の予定はまだわからないのですが……もし機会を頂戴できるのなら、リュナンの里帰り編ですかね。寒い地方で雪にやっほいするお話がぼんやりと頭にあります。でもキーパーソンはセバスかな。過去を掘り下げる感じで、本気を出した渋いセバスをやっほいで挟んでみたいです。

それでは、この本が皆様の有意義な「やっほい」になれたことを願って。

ゆいレギナ

『３分聖女の幸せぐーたら生活
生真面目次期公爵から
「きみを愛することはない」と言われたので、
ありがたく１日３分だけ奥さんやります。
それ以外は自由！やっほい！！』

あとがきまでお付き合い下さった皆様、
ありがとうございます！
イラスト担当させていただきました、
あかつき聖と申します。

うさちゃん仮面でクスっとしてからの
ウェディングドレス！そしてキスシーンまで！！
最初から最後までキュンキュンが止まらない
1冊をありがとうございました！

それでは。
またお会いできることを祈って。

あかつき聖。

EARTH STAR LUNA
アース・スタールナ
辺境の貧乏伯爵に嫁ぐことになったので
領地改革に励みます
～ドラゴンと公爵令嬢～
As I would marry into the remote poor earl,
I work hard at territory reform
第1巻発売中!!
作品詳細はこちら→
著:花波薫歩
イラスト:ボダックス

学校の教師をしていたアオイは異世界に転移した。
森の賢者に拾われて魔術を教わると
あっという間にマスターしたため、
さらに研究するよう薦められて
世界最大の魔術学院に教師として入ることに。
しかし、学院には権力をかさに着る
貴族の問題児がはびこっていた——
異世界転移して教師になったが、魔女と恐れられている件
井上みつる
Illustration 鈴ノ
1～4巻
好評発売中!
特集ページはこちら!
EARTH STAR LUNA

王族相手に
保護者面談!?
木刀で生徒に
タイマン指導!?
最強の女教師《新人》が
魔術学院のしがらみを
ぶち壊す!?

EARTH STAR
LUNA
異世界の荒野に転移していた元ＯＬの宮瀬《みやせ》木乃香《このか》は、
最上級魔法使いラディアルに拾われ魔法研究所に居候することになった。
なんとなく研究所で過ごすうちに召喚術に適性があると判明する。
〝大きい〟〝強い〟〝外見が怖い〟の三拍子そろった
使役魔獣が良しとされるなか、木乃香はペット感覚で
ちいさな使役魔獣を次々と召喚していく。
使役魔獣の能力だけではなく
木乃香自身の魔法力も規格外、
――という自覚もなく
色々とやらかしてしまい……!?
こんな異世界のすみっこで
ちっちゃな使役魔獣とすごす、ほのぼの魔法使いライフ
シリーズ好評発売中!
1巻特集ページはこちら!
いちい千冬
Illustration 桶乃かもく

尋常ではない召喚陣の輝き――

子鬼、子犬、小鳥、子猫、ハムスター。

ちっちゃいけど能力は桁違い!?

ほのぼのするけど、

いろんな意味で

規格外!?

３分聖女の幸せぐーたら生活 ②
～生真面目次期公爵から「きみを愛することはない」と言われたので、ありがたく１日３分だけ奥さんやります。それ以外は自由！やっほい!!～

発行 ―――― 2023年7月3日　初版第1刷発行

著者 ―――― ゆいレギナ

イラストレーター ―――― あかつき聖

装丁デザイン ―――― 村田慧太朗（VOLARE inc.）

発行者 ―――― 幕内和博

編集 ―――― 筒井さやか　結城智史

発行所 ―――― 株式会社アース・スター エンターテイメント
〒141-0021　東京都品川区上大崎 3-1-1
目黒セントラルスクエア　7F
TEL：03-5561-7630
FAX：03-5561-7632
https://www.es-luna.jp

印刷・製本 ―――― 中央精版印刷株式会社

ISBN 978-4-8030-1804-2